Formidable

Du même auteur

*Yellow Cab*, Flammarion, 2017 ; J'ai lu, 2021.
*Mohammad, ma mère et moi*, Flammarion, 2018.
*Le Prix du paradis*, Flammarion, 2021.

Benoit Cohen

# Formidable

Flammarion

ISBN : 978-2-0804-1312-3

*À Nonno*

« Avec ceux que nous aimons, nous avons cessé
de parler, et ce n'est pas le silence. »

RENÉ CHAR

# Prologue

Je me tiens face à eux.

La justice et l'ordre.

Elle, juge d'instruction. Lui, flic.

Je leur raconte l'histoire. Neuf mois et vingt-sept jours. Avant, une vie. Après, la mort. Entre les deux une parenthèse. En apnée.

Ils m'écoutent en silence. Je ne cache rien, ne leur épargne aucun détail. Ils doivent savoir. Pour que je sache à mon tour.

De temps en temps, elle grimace. Lui soupire. Deux fois.

— Tu as des regrets ? interroge la juge.

— Aucun.

Mon récit me ramène dix ans en arrière. Submergé par l'émotion, je m'interromps. J'ai tout dit. Ils me dévisagent, échangent un regard furtif.

— Ce que tu viens de nous raconter est considéré par la loi comme un meurtre, dit la juge d'une voix neutre.

— Un assassinat pour être plus précis, surenchérit le flic. Car il y a eu préméditation. Ou plus exactement : un « assassinat en bande organisée ». C'est une des qualifications les plus hautes du droit français, avec le génocide ou le crime contre l'humanité. Une de celles qui aboutissent aux peines les plus lourdes.

Je ris nerveusement.

— Excuse-nous d'être aussi abrupts.

— D'un point de vue juridique, il n'y a aucun doute possible.

— Nous sommes en présence d'un parricide.

En les écoutant, au ton de leurs voix, aux mots qu'ils utilisent, j'ai l'impression de me retrouver devant un tribunal. Après les témoignages des parties civiles, du reste de la famille, avant les plaidoiries des avocats et du procureur, je serais venu raconter mon histoire. Face à moi les juges. Derrière, le public. À ma droite, les jurés. Mais ce soir, nous ne sommes que trois. Attablés dans la salle à manger d'un appartement parisien, nous sirotons un verre de vin rouge. Le flic est un ami d'enfance. La juge et lui vivent en couple depuis une dizaine d'années.

Son quotidien à elle se partage entre viols, braquages, assassinats et trafic de drogue. Lui est passé par les Stups, pour finir à la Brigade criminelle. Il se définit comme un flic de gauche, « un vieux baroudeur qui en a pris plein la gueule ».

— D'après vous, je risque quoi ?

— Si tu rends publique cette histoire, il est possible que tu sois jugé et incarcéré.

— Mais tu n'écoperas probablement pas d'une peine importante. Et certainement pas la réclusion à perpétuité qui s'applique à ce genre de crime. C'est un cas particulier.

— Il y a quand même une possibilité que je finisse en prison ?

Ils acquiescent simultanément.

Je ne me suis jamais retrouvé devant un tribunal. En prison, oui. En visiteur. Je me documentais à l'époque pour un scénario de film. J'avais passé deux jours entre les murs d'un centre de rétention breton. Je me souviens d'un sentiment de claustrophobie tenace. J'étais privé de ma liberté de mouvement. Interdit de me déplacer dans les couloirs. Confiné dans un bureau aux fenêtres grillagées. Sans contact avec l'extérieur. À la merci des gardiens. On m'avait confisqué mon téléphone. J'étouffais. Impossible d'imaginer plusieurs semaines, mois ou années, enfermé de la sorte. Il n'en a d'ailleurs jamais été question. Je suis né du bon côté de la barrière. Je fais partie des gens qu'on ne met pas en taule. « Les gens bien », comme on dit. Ceux qui respectent la loi et que la loi respecte.

— Ce que tu as fait est illégal, reprend mon ami. Ce n'est pas pour autant que tu dois garder le silence. Chacun agit en fonction de ses convictions. Même moi, en tant que flic, il m'est arrivé de faire des choses contraires à la loi par conviction. Je savais que je prenais des risques mais cela ne m'a pas empêché d'agir.

— J'ignorais que ce que je faisais était interdit. J'ai fait ce que j'avais à faire.

— Cela ne change rien. S'il y a une enquête, tu seras placé en garde à vue. Mais en tant qu'homme, en tant que fils, tu seras droit et debout.

Sa compagne se lève et sort une encyclopédie de la bibliothèque. Elle feuillette rapidement son Dalloz, puis elle s'immobilise.

— Attends, attends, le meurtre a été commis quand, exactement ?

Je tressaille.

— Excuse-moi. Ton père est mort quand ?

— En septembre 2010.

— C'est une bonne nouvelle. La loi n'a changé qu'en 2017. La prescription n'était que de dix ans au moment des faits. Et les lois ne sont applicables qu'à partir du moment où elles sont votées. Elles ne sont pas rétroactives.

Elle me sourit.

— Tu es libre de tout raconter.

# I

## L'annonce

Ce soir, c'est la fête.

J'inaugure mes nouveaux bureaux de production. Nous nous installons à trois associés dans un local accolé à ma maison. Murs blancs, verrières noires, sol en ciment gris.

Quelques figures du cinéma français se pressent autour du buffet. On boit du champagne, on parle fort, on raconte son « actu », son dernier succès. On évite d'évoquer ses échecs.

Alors que la soirée bat son plein, mon téléphone sonne au fond de ma poche. C'est ma mère. Je sors dans la cour. Je décroche. Elle m'annonce d'une voix blanche que mon père vient d'être diagnostiqué d'un cancer du pancréas. Je dis, non. Je dis, c'est pas vrai. Je dis, oh merde. Je dis, tu veux que je vienne. Elle dit, je vais essayer de dormir. Je dis, je passe vous voir demain. Elle pleure. Moi aussi. Je raccroche.

Immobile au milieu de la cour, je pense : mon père a soixante-huit ans. Je pense à sa peur de la mort. Comment va-t-il supporter une telle épreuve ? Et ma mère. Comment va-t-elle pouvoir vivre sans lui ? Je pense : il n'est pas encore mort. Je pense : il ne mourra pas. Pas tout de suite. Et mes frères ? Il faut que je les appelle. Plus tard. Je ferme les yeux. Je reprends mon souffle. Je sèche mes larmes du revers de ma chemise. À travers la vitre, je regarde les invités. La fragilité ou le malheur n'ont rien à faire dans cette soirée. Je prends mon élan. Je retourne dans le bureau. Je me dirige vers le buffet. Je remplis un verre de vodka que je bois cul sec. Je ressors. Je traverse la cour. J'entre chez moi et m'effondre sur mon lit.

Au moment de sombrer, je songe au monde d'avant. Une enfance douce, des parents aimants, des frères complices. Une adolescence parfois sombre, jamais malheureuse. Une vie adulte riche. Une femme inspirante, des enfants solaires. J'ai été épargné.

Pendant les premières années de ma vie, mes parents ne parlaient jamais de la mort. Surtout mon père. Énoncer la mort, la sienne ou celle des autres, nous aurait porté malheur.

Seule exception : le décès de ma grand-mère maternelle. J'avais neuf ans. Elle cinquante de plus. Lorsque ma mère m'a annoncé la nouvelle, je me souviens d'un fou rire, incontrôlé, suivi d'une gifle. Ma seule gifle d'enfant. Je ne savais pas que le cancer du sein qui venait d'emporter mon aïeule se transformerait en malédiction familiale. J'allais bientôt voir mourir tout un pan de la famille. La sœur jumelle de ma grand-mère, leur frère, puis quatre de mes tantes, tous frappés par la même maladie.

À la maison, nous n'en parlions pas. Ce silence permettait de supporter l'insupportable. Nous tenions la mort à distance. Ne pas la nommer nous protégeait. Ne pas la reconnaître nous rendait intouchables. Quelques années plus tard, mon oncle d'Amérique, le benjamin de la fratrie, proposa aux femmes de la famille, toutes générations confondues, de faire un test génétique pour savoir lesquelles d'entre elles étaient porteuses du gène héréditaire BRCA1. Ma mère s'aperçut qu'elle était la seule des six sœurs à ne pas porter le chromosome assassin. Notre invulnérabilité était confirmée. Le destin avait construit une forteresse sur notre gauche.

Avec l'annonce du cancer de mon père, c'est le flanc droit qui est touché. L'édifice menace soudain de s'effondrer.

*

Le lendemain matin, je retrouve ma mère dans un café. Elle a le teint pâle, les traits tirés. J'imagine une nuit mouvementée. Moi, j'ai dormi d'un sommeil de plomb, assommé par l'alcool. Au réveil, ma première pensée a été : « Il faut que j'assure. » En tant qu'aîné, j'ai souvent eu plus de responsabilités que mes frères. Mais c'était mon père qui tenait la barre. Il s'occupait des affaires de la famille, il était un patriarche à l'ancienne, d'une extrême bienveillance mais omniprésent. Au moindre problème, en cas de conflit ou de prise de décision, on s'en remettait à lui. Il jouait un rôle à la fois de conseiller, d'arbitre, de modérateur, avec une autorité naturelle. Sa maladie va certainement changer la donne.

Ma mère se tient devant moi. Elle sirote son café crème.

— Ton père avait des nausées depuis plusieurs jours. Le teint jaune aussi. Dans la semaine, on avait mangé des huîtres. Le lendemain, il a été malade. Il pensait être tombé sur un mauvais coquillage, que ça allait passer. Mais il a continué à vomir. Il a fini par consulter un médecin qui lui a prescrit une prise de sang.

Mon père s'est rendu dans le laboratoire d'analyses de son frère. Deux grands angoissés face à face dans un bureau. Peu de mots échangés. Les résultats sont tombés dans la soirée. Ils laissaient apparaître un taux de gamma-GT anormalement élevé pour un buveur occasionnel comme mon père. Un scanner a été planifié la semaine suivante.

Le jour J, mon père insiste pour se rendre seul au centre d'imagerie médicale. De son côté, ma mère part déjeuner avec une amie. Elle l'appelle en sortant du restaurant.

— Alors ?

— Retrouvons-nous à la maison.

Sur le chemin du retour, mon père téléphone à son frère.

— Tu avais compris en lisant les résultats des analyses ?

— Oui.

— Pourquoi tu ne m'as rien dit ?

— Je n'y arrivais pas.

Lorsque ma mère rentre à la maison, mon père est au fond du salon, debout dans une semi-pénombre. Il répare un abat-jour. Lorsqu'il entend les pas sur le parquet, il se tourne et laisse échapper un sourire qui lui tord le coin de la bouche. Ses yeux disent « je suis désolé ». Elle s'approche de lui sans un mot. Il la serre dans ses bras. Ils pleurent.

*

Je sais que je ne dois pas y aller.

Je ne résiste pas.

Je me connecte à Internet.

Je veux savoir ce qui nous attend.

« ... le cancer du pancréas est le cancer le plus dangereux... on ne le détecte que tardivement... il est souvent trop tard pour opérer... à ce stade la rémission est peu envisageable... les chances de survie à cinq ans sont de 5 %... l'aggravation de la maladie est très rapide... »

Je savais que je ne devais pas.

*

Premier rendez-vous à l'hôpital. La famille est au complet : mon père, ma mère, mes deux frères et moi. Le chirurgien est assis de l'autre côté du bureau, un dossier en papier kraft posé devant lui. Il nous redonne un peu d'espoir, une opération est possible. L'espérance de survie passe soudainement de 5 % à 20 %.

Mon père, anéanti, ne pose pas de questions. C'est ma mère qui s'en charge.

— C'est la tête du pancréas qui est touchée, explique le praticien. Ce qui est plutôt mieux. Cette localisation de la tumeur entraîne rapidement un ictère, c'est-à-dire une jaunisse, parce qu'elle bloque le canal biliaire. C'est un moyen de diagnostiquer le cancer plus précocement. Les autres localisations donnent des symptômes plus tardifs et souvent des douleurs au niveau du ventre qui témoignent en général d'une extension en dehors du pancréas. C'est pour ça qu'on dit classiquement que le cancer de la tête du pancréas est moins grave. Mais je ne vous cache pas que ça reste très sérieux. Il faut opérer dès que possible.

Il consulte son agenda et propose une intervention dix jours plus tard. Après les fêtes de fin d'année.

Au moment de quitter son bureau, j'interroge le chirurgien sur son nom de famille, peu courant.

— Vous avez le même nom qu'un producteur avec qui je viens de tourner une série.

— C'est mon frère, me confie-t-il, amusé.

Bon signe. Forcément.

Il me donne son numéro de portable.

*

Noël. La famille fait bonne figure. Assis à la grande table de la salle à manger, je regarde mon père. Il a le teint pâle mais semble heureux entouré de sa femme, sa sœur, ses fils, ses belles-filles et ses sept petits-enfants. Ma mère a préparé son plat préféré : un lapin aux olives. On s'enivre de champagne, on rit beaucoup, comme d'habitude. Tout le monde donne le change malgré la question lancinante qui pollue nos esprits : « Est-ce notre dernier Noël tous ensemble ? »

Après le dîner, nous passons au salon. C'est l'heure de la distribution des cadeaux. Au milieu des paires de chaussures, des livres et des consoles de jeux, mes frères et moi offrons son cadeau à notre père. Le plus beau cadeau. Un voyage avec ses trois fils en Afrique du Sud pour assister à la Coupe du monde de football l'été prochain. Le foot, sa passion. Mon père retient ses larmes.

Mais juin c'est encore loin.

# L'opération

La veille de l'opération, nous accompagnons notre père. Habituée à l'ambiance déprimante des chambres d'hôpital, ma mère a prévu de quoi améliorer la décoration. Elle a emporté deux sacs de voyage remplis d'une multitude d'objets. Elle fait comme chez elle. Elle installe une jolie lampe design au chevet de mon père, branche son radio-réveil, pose sur sa table de nuit ses mots croisés et un paquet de croquants à l'anis, remplace sa taie d'oreiller, étale une couverture en alpaga sur ses genoux et accroche des photos encadrées de la famille sur les murs rose saumon de la chambre.

Mon père, alité, l'observe, silencieux, tétanisé. Installés de chaque côté du lit, mes frères et moi essayons de détendre l'atmosphère. Nous commentons les matchs de foot du week-end pendant que notre mère transforme le lieu en suite quatre étoiles. On se moque de son obsession esthétique alors qu'elle est passée dans la salle d'eau pour remplacer les serviettes de toilette ternes par des draps de bain en éponge gris anthracite.

Nous nous séparons sur un « À demain » lancé avec légèreté sans allusion à l'opération complexe, à l'issue incertaine, qui attend notre père.

En sortant de l'ascenseur, nous croisons des silhouettes en blouse blanche et des patients cabossés. Certains claudiquent, d'autres traînent des perfusions sur roulettes. Nous nous efforçons de continuer à discuter sur un ton anodin. Nous sommes en bonne santé. Notre père sortira bientôt d'ici. Puis soudain, en débouchant dans le hall principal, nous tombons nez à nez avec une enfant chauve poussée par son père dans un fauteuil roulant. Elle nous sourit puis disparaît dans un couloir. Cette image nous foudroie. Nous poursuivons notre chemin jusqu'à la porte d'entrée. Le gardien nous observe en silence. Combien de fils prochainement orphelins ou de femmes bientôt veuves a-t-il vus passer depuis le début de la journée ?

*

Jour de l'opération. Matinée sans nouvelles.

Ma mère appelle l'hôpital toutes les heures. On lui répond inlassablement que mon père est toujours au bloc. Sans aucune autre précision. En milieu d'après-midi, une infirmière lui annonce qu'après six heures d'opération, son mari est finalement en salle de réveil.

*

Dans la soirée, ma mère, mes frères et moi nous rendons à l'hôpital.

Notre père est trop faible pour que nous puissions le voir.

Tous les quatre face au chirurgien qui nous reçoit dans son bureau, nous écoutons le verdict.

— Ce fut une opération longue et compliquée mais j'ai réussi à retirer la totalité de la tumeur. Il va maintenant falloir une série de chimiothérapies pour tenter de venir à bout des cellules cancéreuses résiduelles. Tout au long de ce processus nous ferons des examens de contrôle réguliers pour observer l'évolution de la maladie. Si le traitement est efficace et qu'il n'y a pas de rechute dans les cinq ans, on pourra considérer que nous sommes sur une rémission de longue durée. En revanche, en cas de récidive, il n'y aura plus d'espoir.

Je m'accroche à l'idée que tout s'est bien passé, qu'une guérison est possible, en m'efforçant d'oublier les statistiques morbides glanées sur Internet. Le plus dur est peut-être derrière nous.

Une décennie plus tard, à la recherche de détails pour mon récit, je rends visite au chirurgien dans un hôpital de la banlieue sud où il a pris de nouvelles fonctions.

— On essaie d'être positif sachant que le moral des patients joue une grande part dans l'évolution de la maladie. En France, on ne ment pas mais on ne dit pas toute la vérité. C'est cruel d'imposer aux gens des informations qu'ils ne veulent pas entendre. Alors que dans les pays anglo-saxons, par exemple, on est plus direct : « Monsieur, vous avez un cancer, il vous reste six mois à vivre. » Moins hypocrite, mais très violent.

Il me raconte les deux ans qu'il vient de passer dans un prestigieux hôpital new-yorkais. Un salaire mirobolant, des moyens inimaginables, mais une pression permanente. Un système de santé terriblement inégalitaire et des menaces de procès constantes, l'établissement payant jusqu'à quatre cent mille dollars par an d'assurance pour certains médecins, afin de les protéger contre les poursuites judiciaires.

Il ressort le dossier de mon père. Maintenant, il peut m'en dire plus.

— La duodénopancréatectomie céphalique est une des opérations les plus difficiles de la chirurgie moderne. Le pancréas est un organe compliqué car il est situé très profond dans l'abdomen. Il a la forme d'une longue pomme de pin, divisée en trois parties : la queue, le corps et la tête. Le fait qu'il soit coincé entre le duodénum, l'estomac et le foie rend l'opération extrêmement périlleuse. Lorsqu'on retire la tête du pancréas, on doit aussi retirer le duodénum, qui est essentiel à la digestion des aliments. On ne peut les séparer. On sectionne la voie biliaire, l'estomac, le pancréas et l'intestin. Ensuite, il faut reconstruire tout ça en faisant des sutures entre ces différents organes pour rétablir la continuité digestive. C'est pour cette raison que la manipulation dure aussi longtemps.

Je lui confie que mon oncle vient de mourir du même cancer et que ma tante a également des kystes au niveau du pancréas. Il suggère que mes frères et moi fassions un test génétique et nous oriente vers un de ses collègues.

Le jour du rendez-vous mon plus jeune frère, inquiet d'une éventuelle mauvaise nouvelle, se décommande. Pour « détendre l'atmosphère », nous lui envoyons une photo de l'établissement de pompes funèbres installé en face de l'entrée de l'hôpital. Ça le fait rire. L'humour noir comme garde-fou contre l'angoisse. Un héritage familial.

Le professeur que nous consultons nous explique que d'après les comptes rendus d'analyses que nous lui avons fournis, le cancer de mon oncle et celui de mon père ne sont pas liés génétiquement. Pour ce qui est des problèmes de ma tante, ils sont fréquents et la plupart du temps bénins. Nous quittons le bureau, soulagés.

Sur le chemin du retour, mon frère, en retard à un rendez-vous, me dépose à quelques kilomètres de chez moi. En me dirigeant à pied vers la place d'Italie, je m'interroge : quand vais-je mourir ? À l'âge de mon père ? Dans vingt ans. Vingt ans, c'est demain. Ou plus tard ? À l'âge de mon grand-père maternel ? Dans quarante et un ans ? Une vie supplémentaire. Et de quoi vais-je mourir ? Je suis cerné par la maladie mais ma mère n'est pas porteuse du BRCA. Le cancer de mon père non plus n'est pas génétique. Et même si je mange trop, que je bois trop, que je vis dans un environnement pollué, je ne fume pas, je fais du sport et… Perdu dans mes pensées, j'évite de justesse une moto lancée à grande vitesse sur le boulevard.

*

Quelques jours après l'opération, nous faisons livrer du vin au chirurgien pour le remercier. On ne connaît pas ses goûts mais on se dit que, comme dans les films de Claude Sautet, un chirurgien ça boit forcément du bordeaux et ça fume le cigare avant d'aller jouer au tennis.

*

Ma mère passe ses journées au chevet de mon père. Elle s'emploie à ce qu'il sente le moins possible le poids de l'hôpital. Elle lui apporte ses repas de l'extérieur. Elle sélectionne ses plats préférés. Elle vaporise la chambre de son parfum. Elle ajoute chaque jour de nouveaux éléments personnels au décor. Mes frères et moi faisons de courtes apparitions, pour ne pas le fatiguer.

Les médecins lui ont prescrit de la morphine. Il souffre quand même. On augmente les doses.

Le soir venu, une infirmière demande à ma mère de quitter la chambre. Épuisée, elle ne proteste pas. Nous l'invitons à dîner. Elle décline et rentre se coucher.

Au milieu de la nuit, son téléphone sonne. Elle se jette sur le combiné. C'est lui.

— Allô, il faut que tu viennes. Ils sont à la fenêtre. Ils veulent entrer dans la chambre.

— Qui ça ? De quoi parles-tu ?

— Des hommes. Ils sont là. Énormes.

Ma mère regarde sa montre : 3 heures du matin.

— Viens, viens vite…

— Ne t'inquiète pas, chéri, j'arrive.

Elle enfile un pantalon, un manteau, saute dans sa voiture. Elle allume la radio, tombe sur une émission de confidences nocturne. Une femme décrit l'agonie de son mari malade. Ma mère coupe le son.

À vive allure, elle traverse Paris, brûle quelques feux et s'engage sur l'autoroute. Elle hésite entre Maisons-Alfort et Joinville-le-Pont. Elle rate l'embranchement de l'A86, se rend compte trop tard qu'elle s'est trompée de sortie. La voilà dans des petites rues de banlieue. Elle est perdue, les trottoirs sont déserts, personne pour la conseiller. Elle imagine son mari seul avec ses démons. Un livreur de journaux finit par lui indiquer son chemin.

Elle se gare sur le parking désert de l'hôpital et s'engouffre dans le bâtiment de béton gris. Le hall est vide. L'ascenseur est vide. Les couloirs du quatrième étage sont vides. Elle parvient à la chambre 402. Mon père l'accueille d'un cri. Elle le rassure. C'est elle, sa femme, son amoureuse. Elle le serre dans ses bras, il est en nage, il tremble. Tous les deux restent enlacés, silencieux, pendant quelques minutes. Puis il lui parle de ses visiteurs : des formes sombres, violentes et menaçantes. Elle le rassure. C'est fini maintenant, elle est là, personne ne viendra plus. Elle ne l'a jamais vu aussi effrayé. Elle pense à la mort. À son rapport à la mort. À sa peur de la mort. À la terreur des hommes et des femmes de sa famille face à la mort.

Elle prend sa main. Il se rendort.

Dehors le jour s'est levé.

Un infirmier entre dans la chambre.

— Que faites-vous là ? demande-t-il sèchement à ma mère.

— Mon mari m'a appelée au secours. La morphine lui donne des visions terribles.

— Ce sont des choses qui arrivent. Nous allons revoir les doses. Vous ne pouvez pas rester. Les visites ne sont autorisées qu'à partir de 13 heures. Revenez à ce moment-là si vous voulez, mais maintenant il faut rentrer chez vous. Nous allons nous occuper de lui.

Quand ma mère réapparaît en début d'après-midi, mon père lui confie qu'après son départ l'infirmier l'a sermonné comme un enfant. Interdiction d'appeler sa femme au milieu de la nuit. Ma mère, furieuse, se précipite hors de la chambre et entre dans un bureau pour s'en prendre à la première personne qui lui tombe sous la main.

— Vous vous prenez pour qui ? lui assène la cheffe de service.

— Sa femme.

— Si tout le monde faisait comme vous, ce ne serait plus un hôpital, ce serait la foire du Trône.

Ma mère marmonne « connasse » dans sa barbe avant de disparaître dans le couloir. Elle ne laissera pas son mari une nuit de plus dans cet endroit.

Elle m'appelle. Elle veut que je me renseigne auprès du chirurgien. Combien de temps compte-t-il garder mon père ? Je le joins sur son portable. Il me répond que son état est satisfaisant, qu'il pourrait presque le renvoyer chez lui mais qu'il préfère le maintenir en observation encore quelques jours. Il n'en faut pas plus à ma mère pour organiser une exfiltration, façon commando. À moi de trouver un fauteuil roulant pendant qu'elle contacte notre médecin, un généraliste, ami de la famille, qui nous suit depuis notre enfance. Elle le prévient que mon père sera de retour à la maison dans la soirée. Nous allons avoir besoin de son aide.

Une heure plus tard, nous pénétrons tous les deux dans l'hôpital, équipés d'un fauteuil de location. Nous avançons incognito vers les ascenseurs. Personne ne nous prête attention. Nous atteignons la chambre de mon père après avoir pris soin d'éviter médecins et infirmiers. On l'habille. Il est euphorique, comme un enfant qui fait un mauvais coup. Ma mère regroupe ses affaires. Elle récupère les serviettes, la taie d'oreiller et la couverture en alpaga pendant que je m'occupe de réunir les photos dispersées aux quatre coins de la pièce. Nous transférons le malade dans le fauteuil puis nous repartons vers la sortie au pas de charge.

Sur le parking, j'installe mon père sur le siège passager en jetant quelques coups d'œil inquiets vers l'entrée de l'hôpital. Pas de vigiles en vue. Ma mère passe à l'arrière. Je prends le volant et démarre en douceur. Le fugitif jubile.

En matière d'exfiltration, ma mère n'en est pas à son coup d'essai. Quelques années auparavant, alors que le cancer de l'utérus de sa plus jeune sœur s'était généralisé, les médecins avaient proposé qu'on l'opère pour la soulager, avec une espérance de vie de trois mois. La veille de l'intervention, un dimanche soir, ma mère avait échangé avec une amie oncologue qui réfutait les conclusions de ses confrères. Elle préconisait une chimiothérapie préopératoire. Ma mère avait appelé l'hôpital pour annuler l'intervention. On lui avait répondu que c'était impossible. Le chirurgien avait bloqué sa matinée, hors de question de revenir en arrière. Le lendemain matin, elle s'était rendue sur place. Elle avait empêché physiquement les brancardiers de transférer sa sœur au bloc et l'avait ramenée chez elle. À la suite de ce revirement de dernière minute, ma tante avait vécu six années supplémentaires.

De retour à la maison, mon père revit. Il s'installe confortablement dans son lit. Ma mère lui prépare un risotto au citron. Il est aux anges. Il lui fait promettre de ne jamais le ramener à l'hôpital.

Ma mère le rassure. Elle va s'occuper de lui.

Il retrouve le sourire, plaisante sur son poids.

— Cela fait quarante ans que je fais des régimes et il a suffi d'une opération de quelques heures pour perdre dix kilos. Qui mieux que moi ?

*

Ma mère et mon père partagent leur existence depuis cinquante ans : un demi-siècle de passion et complicité. Elle a toujours aimé son humour, sa gentillesse et son pragmatisme. Il adorait sa pugnacité, sa joie de vivre et ses talents de cuisinière. Elle était la créatrice, lui le métronome. Elle a imaginé les choses les plus folles, il les a rendues possibles. Toujours sur un pied d'égalité. Mais la règle du jeu vient de changer. Il aura suffi d'une jaunisse, d'un scanner, d'une opération, pour qu'ils passent d'une relation horizontale à un rapport vertical.

À l'époque, mes frères et moi n'avons pas pleinement conscience du bouleversement profond qui est en train de se produire. Nous sommes présents le plus possible, nous nous relayons auprès de notre père, nous essayons de soulager notre mère. Mais nous avons nos vies, nos occupations professionnelles, nos familles, auxquelles nous retournons une fois notre mission accomplie.

Elle ne connaîtra aucun répit. Elle sera là pour lui, sans relâche, souvent seule, parfois épaulée. Les visiteurs s'inquiéteront pour mon père, ils plaindront mon père, ils dorloteront mon père, ils gâteront mon père. Elle se tiendra à ses côtés, invisible. Alors qu'elle purgera sa peine avec lui, la douleur et la perspective de mourir en moins, le silence en plus. Peu de personnes se préoccupent de celui ou celle qui accompagne. Pourtant, être le conjoint d'un malade est une occupation à plein temps, un engagement total. Vous ne devez jamais relâcher votre attention, toujours être à la hauteur, vingt-quatre heures sur vingt-quatre, sept jours sur sept. La rémission du malade dépend de son moral et son moral de votre capacité à faire qu'il ne manque de rien. Qu'il ait le moins mal possible, jamais trop chaud ni trop froid. Que ses repas soient savoureux, digestes, pas trop répétitifs. Qu'il dorme. Et s'il ne dort pas, vous ne dormez pas non plus. Estimez-vous heureux d'être en bonne santé. Vous avez de la chance. Pas lui. Le malade est souvent de mauvaise humeur, il ne supporte pas son état, il a honte de ce qu'il est en train de vivre, de ce qu'il vous fait vivre. La maladie est une humiliation. Alors il devient irritable, tyrannique par moments. Mais il a tous les droits. C'est lui qui est en train de mourir. Pas vous. Il n'est pas question de vous plaindre. Ni de demander quoi que ce soit en retour. Par moments vous n'en pouvez plus. Vous avez envie de tout plaquer. De vous enfuir. De hurler au malade qu'il vous fait chier. Que vous n'avez pas signé pour ça. Que vous n'êtes ni sa mère, ni son infirmière, ni son chien.

*

Hier, j'ai déjeuné chez ma mère. Elle était de bonne humeur. Elle m'a parlé de ses nouvelles idées de décoration pour sa maison. Après la mort de mon père, je pensais qu'elle quitterait ce lieu trop chargé en souvenirs, je l'imaginais recommencer à zéro. Mais elle est restée. Elle a veillé sur cet endroit qu'ils avaient construit ensemble. Elle aime vivre entourée de souvenirs. Chaque détail, chaque applique patinée, chaque abat-jour rafistolé, lui rappelle sa présence. Tous les matins lorsqu'elle ouvre le robinet d'eau froide de la salle de bains et qu'elle coule chaude, elle pense à lui. Mon père s'était lié d'amitié avec un plombier dont le principal défaut était d'installer les canalisations d'eau et de chauffage côte à côte.

— Ton père est là chaque jour quand je me lave les mains, dit-elle. C'est la chose la plus fantastique qu'il ait faite pour se rendre éternel.

# La parenthèse

Une fois remis de son opération, mon père se rend au huitième étage de l'hôpital pour rencontrer son oncologue. Il attend dans le couloir. Il ne veut pas être mélangé aux patients de la salle d'attente. Ne surtout pas être assimilé aux « malades ». Il ne fait pas partie de ce groupe. Il n'a rien contre chacun d'eux individuellement, mais ce qu'ils représentent lui fait horreur. Il tient à se tenir à l'écart. Eux vont peut-être mourir. Lui va vivre.

L'oncologue lui prescrit une chimiothérapie standard à base de gemcitabine. Un traitement de quarante-huit heures toutes les deux semaines, pendant six mois. Le but est d'éliminer les cellules malignes qui pourraient subsister dans son organisme. Si le traitement se passe bien, qu'aucune nouvelle métastase n'apparaît, on pourra envisager un monde meilleur.

Mon père négocie qu'on lui administre son traitement à domicile. Ce type de dérogation est très rare, mais la praticienne prend en compte sa phobie de l'hôpital et son niveau d'angoisse élevé. Elle aménage un protocole spécialement pour lui. Mon père était un homme doux et altruiste qui obtenait certaines faveurs grâce à sa gentillesse et à son charme.

Pour faciliter les transfusions, un chirurgien doit lui poser un cathéter dans l'artère axillaire située au-dessus du cœur. Les veines périphériques sont trop fragiles pour supporter la toxicité du produit. L'opération sera pratiquée en ambulatoire sous anesthésie locale et elle durera environ quarante-cinq minutes. Pas de nuit supplémentaire à l'hôpital.

La fin de l'hiver et le début du printemps sont rythmés par les chimiothérapies de mon père. Il se rend tous les quinze jours au service d'oncologie. On lui fixe sur la poitrine, à l'aide d'un sparadrap, une boule de trois centimètres de diamètre. Reliée à son cathéter, elle va, pendant plusieurs jours, diffuser le produit dans son organisme. Il vient toujours seul. Repart, une fois la manipulation terminée, au volant de sa voiture. Il écoute de la salsa.

De cette période, je me souviens de mon père assis dans le fauteuil du salon attendant patiemment que le liquide passe dans ses veines. Il lisait le journal. Jamais de livres, ce n'était pas un lecteur. Il n'allait pas au cinéma non plus, ni au théâtre, encore moins dans les musées. Sa culture, c'était la vie. Et sa famille. Ce n'était pas un érudit, mais un homme fin, doté d'un humour décapant. Il racontait avec fierté qu'il avait raté neuf fois son baccalauréat. En Tunisie, à l'époque, on passait l'épreuve trois fois par an. Il disait qu'il avait échoué avec mention plage. Il s'était ensuite inscrit aux Beaux-Arts pour suivre une fille dont il était amoureux. Il n'avait jamais passé l'examen de sortie. À l'époque, il gagnait sa vie comme barman et aux tables de poker alors que ses copains d'enfance suivaient de brillantes études. Mon père en avait développé un certain complexe, mais il assumait de ne pas être un intellectuel. Il lisait *L'Équipe* tous les matins, sans exception. Il décortiquait l'actualité sportive, particulièrement le football. Il connaissait le nom de tous les joueurs, des journalistes, des commentateurs, les tactiques, les transferts, les pronostics, les classements, les calendriers. Sa passion pour ce sport était totale. L'explosion des chaînes câblées, qui retransmettaient des matchs du monde entier à n'importe quelle heure du jour ou de la nuit, représenta pour lui une véritable révolution.

Le foot, c'est mon père. Les parties du dimanche matin au bois de Boulogne. Les mercredis soir devant la télé. Les virées au stade. Ce sport a rythmé son existence et notre enfance.

À chaque grande compétition internationale, il transformait ses bureaux, puis le salon de son appartement, en café des sports. Nous invitions une vingtaine de personnes. C'était gai, électrique, euphorique lorsqu'on gagnait, dramatique quand on perdait.

Je me souviens tout particulièrement de la soirée du 2 juillet 2000. La France et l'Italie s'affrontent en finale de l'Euro. Le salon est plein à craquer, les canapés alignés face à l'écran géant acheté spécialement pour la Coupe du monde remportée deux ans plus tôt. Une télévision porte-bonheur. Mon père au premier rang. Des hurlements à chaque occasion. Des jurons dès que les Italiens s'approchent du but de Fabien Barthez. Lorsqu'ils marquent à la cinquante-cinquième, c'est la douche froide. Les minutes s'écoulent. Le temps réglementaire est terminé. Quelques secondes additionnelles. Les supporteurs italiens chantent déjà leur hymne national. Une dernière occasion et, miracle, but pour les Français. Explosion de joie dans le salon, rumeur de la ville par les fenêtres ouvertes. Mon père hurle sa joie dans les bras d'un ami. Je m'approche pour partager son bonheur. Son visage est bleu. Il ne respire plus, au bord du malaise. Les autres, emportés par la liesse générale, ne remarquent rien. Je l'installe sur le canapé pour l'aider à reprendre son souffle. Il revient doucement à lui puis dresse le poing en signe de victoire.

Ce soir-là, j'ai pris conscience, pour la première fois, que mon père était faillible. Avant cette alerte, il n'avait jamais été malade, jamais subi d'opération, jamais montré de signe de faiblesse, c'était un roc. En dehors de sa passion pour la glace au citron, je ne lui connaissais aucune addiction. Il ne buvait pas, ne fumait pas, ne s'était jamais drogué. Mais à ce moment-là, affalé sur le canapé, le souffle coupé, je l'ai imaginé mort.

Enfants, mes frères et moi ne rations jamais un match de l'équipe de France au Parc des Princes. Nous nous rendions au stade comme à la messe. Un ami de mon oncle qui travaillait à la Fédération française de football nous obtenait des billets. Toujours le même emplacement. Tribune J Bleue.

À la sortie du métro, nous nous mélangions à la foule qui se dirigeait vers le stade. Plus nous approchions, plus la tension montait, plus mon père était radieux. Certains soirs, il nous achetait une écharpe, d'autres, une casquette. C'était la fête. Une fois passé le contrôle des billets, nous gravissions les marches puis nous nous installions sur les sièges pliants en plastique. Il y avait les chants, les banderoles, *La Marseillaise*, les hot-dogs à la mi-temps. Et surtout la joie de communier avec mon père. J'adorais m'asseoir à côté de lui. Je l'observais pendant les matchs. Il était habité. Il passait l'intégralité de la partie à interpeller les joueurs, à leur hurler des instructions. Cela nous faisait rire avec mes frères. Étant donné le brouhaha et la distance à laquelle nous nous trouvions de la pelouse, personne, en dehors de nos voisins de tribune, ne pouvait l'entendre. On se moquait gentiment de lui. Jusqu'au jour où, profitant d'une accalmie dans le public, il hurla, peut-être plus fort que d'habitude : « Rocheteau, démarque-toi sur la gauche ! » À notre grande surprise, l'ailier droit de l'équipe de France se tourna vers nous et se mit à courir dans la direction indiquée par notre père. Notre héros.

À l'époque, comme la plupart des garçons de notre génération, nous collectionnions les albums Panini. Nous échangions les vignettes dans la cour d'école. Michel Platini était notre idole. Nous suivions ses exploits, en bleu avec l'équipe de France, en vert avec Saint-Étienne. Nous rêvions de le rencontrer.

Ce fantasme faillit devenir réalité.

Alors que mes parents venaient de créer une marque de vêtements pour enfants et commençaient à implanter des franchises en province, Michel Platini avait contacté mon père : il souhaitait ouvrir un magasin pour sa femme. Il devait lui rendre visite dans notre maison de campagne pour finaliser la transaction. L'excitation était à son comble. Tout était prêt, les albums, en prévision d'une séance de dédicace en bonne et due forme, le but, fabriqué au fond du jardin avec trois morceaux de bois, et le ballon, gonflé à la station-service du village. Nous imaginions déjà « Platoche » tirer, rien que pour nous, un coup franc dont il avait le secret.

Mais le scandale éclata.

Deux jours avant sa visite, *L'Équipe* titra : « Le vert brisé. » Un article, en double page, révélait qu'un autre joueur de l'équipe stéphanoise entretenait une liaison amoureuse avec la femme de notre idole. Plus de boutique. Plus d'autographe. Plus de coup franc. Fin du rêve.

*

L'autre passion de mon père était la belote. Un goût du jeu cultivé avec ses copains tunisiens depuis la plage de La Marsa jusqu'à leur exil commun en France.

Toutes occasions étaient bonnes pour « taper le carton », surtout l'été. Pas un apéro sans une partie de cartes. Adolescent, je me contentais d'observer le jeu des adultes, j'étais impressionné, je n'aurais jamais osé me joindre à eux. Jusqu'au jour où un joueur manqua à l'appel. J'eus enfin le droit de m'asseoir à la table. Énorme pression, concentration maximale, bien compter les atouts, assurer les relances, ne pas décevoir mon père. La première partie s'est bien passée. Nous avons gagné. J'ai eu le droit de recommencer.

L'hiver, nous jouions aussi aux cartes. Moins souvent mais régulièrement. Nous avions pris l'habitude, les jours de fermeture du restaurant de mon frère sur la Butte-aux-Cailles, d'organiser des « couscous-belote » : nous partagions de la semoule et des boulettes avec une trentaine d'amis, puis nous nous dispersions par tables de quatre dans une ambiance joyeuse. Mon père prenait ces soirées très au sérieux. Il se retrouvait systématiquement parmi les finalistes dont les parties se prolongeaient tard dans la nuit.

Pendant son traitement, nous avions inventé un nouveau concept : la « belote-chimio ». Nous n'étions plus que quatre : ma femme, un vieil ami de la famille – qui sera lui-même emporté par un cancer quelques années plus tard –, mon père et moi. Nous nous installions dans le salon chez mes parents, nous allumions un feu dans la cheminée et nous nous lancions dans d'interminables parties rythmées par des éclats de rire réparateurs.

Mon père était capable à ces occasions de se laisser aller à des élans de tendresse inhabituels. En cas de victoire, il me tapait dans la main puis me serrait dans ses bras. Ces moments de complicité avaient un goût particulier. Mon père était un homme pudique. Il ne partageait pas ses émotions ni ses sentiments. Même avec nous, ses enfants, peu de paroles, peu de gestes affectifs, une main furtive sur l'épaule de temps en temps pour encourager ou donner la force. Une amie juive m'a raconté que sa mère, rescapée des camps, ne l'embrassait jamais. Lorsque, devenue adulte, elle a fini par lui reprocher sa froideur, sa mère lui a répondu : « Je ne t'embrasse pas car si nous sommes séparées un jour, ça ne te manquera pas. » La pudeur de mon père venait-elle de cette peur de la séparation, de la mort ?

Chez lui, les signes de complicité passaient par un regard, un sourire, un mot tendre qui lui échappait parfois. Comme beaucoup de gens de leur génération, ses parents ne lui avaient jamais dit « je t'aime ». Il avait hérité de cette réserve. Pendant des années, j'ai moi-même eu beaucoup de mal à dire à mes enfants que je les aimais. J'étais tendre et affectueux avec eux, mais cela ne passait pas par les mots. Il a fallu attendre qu'ils grandissent, pour qu'ils s'en plaignent. Ma fille d'abord. Elle m'a reproché de ne pas assez lui exprimer mon amour. Je m'en suis sorti par une pirouette, en la faisant rire. Puis mon fils plus récemment. Un jour où je le déposais à la gare, il m'a pris dans ses bras et m'a dit « je t'aime ». Je lui ai répondu « moi aussi ».

Il m'a interpellé : « Pourquoi les pères ne disent jamais je t'aime à leurs fils ? » Je l'ai serré à nouveau dans mes bras en lui glissant « je t'aime » tendrement à l'oreille. Il a éclaté d'un rire joyeux.

*

Le rire de mon père me manque aujourd'hui. Il avait un humour caustique, désarmant. Jamais méchant. Il se moquait de tout le monde. Sans exception. Ce trait de caractère avait séduit ma mère dès leur première rencontre. Dans sa famille à elle, on ne riait pas aux dépens des autres. Alors ce type volubile à l'œil malicieux lui avait tout de suite plu.

Je me souviens d'un été où mes parents avaient été invités par mon oncle américain à passer quelques jours au bord de la mer. À leur grand désespoir, ma tante new-yorkaise ne voulait pas quitter l'hôtel où ils logeaient. Elle tenait à prendre tous ses repas au restaurant climatisé de l'établissement. Prétextant une promenade en amoureux, mes parents s'étaient éclipsés. Ils en avaient profité pour déjeuner dans une petite cantine de plage qui servait une cuisine locale simple et délicieuse. Ma tante, intriguée, avait proposé d'y retourner le lendemain. Une fois sur place, elle avait décidé de tout goûter. Elle avait commandé l'intégralité du menu mais n'avait mangé que quelques bouchées de chaque plat. Elle avait donné le reste aux chiens errants qui peuplaient les lieux. Lorsque le serveur avait apporté la carte des desserts, mon père l'avait interceptée et l'avait tendue aux chiens.

C'était son humour.

Sa cible préférée était ma mère. Il adorait la mettre en boîte. Elle se laissait faire volontiers. Elle était son meilleur public. Je la soupçonne même, à certains moments, de lui avoir tendu des perches pour pouvoir rire ensemble. Mon père aimait également se moquer de son frère, un homme superstitieux et obsessionnel qui avait beaucoup de mal à prendre des décisions. Choisir un plat au restaurant était une épreuve, l'acquisition d'un nouveau pantalon ou d'une nouvelle montre, un chemin de croix. Il se lançait dans d'interminables études de marché pour déterminer le meilleur produit avant de jeter son dévolu. Le point paroxystique de cette névrose fut l'achat d'un miroir pour sa salle de bains. Incapable de se décider, il avait laissé le mur au-dessus du lavabo nu pendant deux décennies. Un jour, lors d'une réunion de famille, mon père lui avait lancé : « Dépêche-toi parce qu'une fois que tu l'auras accroché, tu ne te reconnaîtras plus. »

*

La chimiothérapie épuise mon père. Il ne quitte plus la maison, à l'exception de quelques rares dîners.

Sa première grande sortie postopératoire a lieu à l'occasion de la parution du DVD d'un documentaire que j'ai réalisé sur un célèbre écrivain américain.

Pour fêter ce lancement, j'ai réussi à faire venir le maestro de Los Angeles pour une séance de dédicace dans le concept store que mes parents viennent de créer. Mon frère cadet s'occupe du buffet. Une file d'attente de plusieurs dizaines de mètres s'est formée devant l'auteur qui signe ses livres avec appétit. De l'autre côté de l'immense hall d'entrée, mon père, installé dans un confortable fauteuil, vole la vedette à l'écrivain. Tel Marlon Brando dans sa villa de Long Island, Don Papa accueille nos amis un par un. Tout juste s'il ne leur tend pas la main pour qu'ils la baisent. Ni eux ni lui ne peuvent imaginer que c'est, pour la plupart, la dernière fois qu'ils se voient.

*

Début juin, mon père termine sa première salve de chimiothérapies. Une grande fatigue mais peu d'effets secondaires. Pas de nausée. Pas de perte de cheveux. Pas d'aphte. Pas de diarrhée. Il est prévu qu'il reprenne son traitement à la rentrée.

*

La Coupe du monde de football vient de débuter. Notre voyage en Afrique du Sud est imminent. La veille du départ, mon père effectue une série d'examens. Les médecins ont besoin de déterminer l'évolution de la maladie à la suite du premier traitement.

Mon père refuse que ma mère lui envoie les résultats à l'hôtel. Il veut profiter de cette parenthèse. Pour le reste, on verra plus tard.

*

— Retrouvons-nous directement à l'aéroport.

À l'arrière du taxi, je songe à l'escapade inédite qui nous attend. C'est la première fois que nous allons passer du temps seuls avec notre père, sans notre mère.

La famille est toujours restée groupée. J'ai très peu de souvenirs de mes parents séparés. À l'exception des périodes où ma mère partait avec sa sœur dans le sud de la France pour dessiner les nouvelles collections de leur marque de vêtements pour enfants. Elle emmenait mes frères, encore jeunes, avec elle. Je restais seul avec mon père.

Tous les soirs, nous dînions dans une pizzeria du Quartier latin. Œuf-artichauts pour lui. Jambon-champignons pour moi. Immuablement. Mon père n'était pas bavard. J'avais dix ans, j'étais trop jeune, il avait du mal à créer le contact. Je ne l'intéresserais que plus tard, lorsque je deviendrais son ami. Alors je parlais pour deux. Je lui racontais ma vie d'écolier. Je décrivais en détail les extravagances vestimentaires de ma maîtresse, les leçons sur Vercingétorix pour qui j'avais une admiration particulière, je lui confiais mes premiers émois amoureux, je me vantais de mes exploits de gardien de but dans la cour de récréation. J'étais heureux de l'avoir rien que pour moi. Ce rituel a duré quelques années. Jusqu'au jour où je suis tombé malade. Fièvre carabinée, migraine tenace, fortes courbatures. Mon père n'avait pas l'habitude de ce genre de situation. Il a paniqué et a appelé son frère médecin qui, en grand angoissé, a suspecté un début de méningite. J'ai subi une ponction lombaire. Une aiguille m'a transpercé la colonne vertébrale. Je me souviens d'un bruit terrifiant, un craquement d'os, d'une douleur terrible puis de trois jours de paralysie. Mon pire souvenir d'enfance. Ma mère, furieuse du manque de sang-froid de mon père, a décidé de ne plus me laisser seul avec lui.

Perdu dans mes pensées, je mets un moment à sentir le téléphone qui vibre dans la poche de ma veste.

Je décroche.

C'est le chirurgien.

Il a reçu le résultat des analyses.

Elles ne sont pas bonnes.
Les métastases se sont généralisées.
La situation est irréversible.
— Combien de temps ?
— Quelques mois.
Coup de poing à l'estomac.
Je raccroche.
La rambarde de sécurité de l'autoroute défile à grande vitesse.
« Quelques mois. » Ça veut dire quoi « quelques mois » ? Deux ? Trois ? Quatre ? Six ? Peut-être huit ? Ou douze ? Un an. Le temps de vivre.
Me revient un article lu quelques jours plus tôt. En novembre 1981, François Mitterrand avait écrit à Anne Pingeot, la mère de sa fille, pour lui annoncer son cancer : « Aujourd'hui, passé aux assises. La peine de mort est rétablie. » Les médecins lui prédisaient alors entre trois mois et deux ans d'espérance de vie. Il est mort quinze ans plus tard.
Croire au miracle. Il ne reste que ça.

Pourquoi ne me suis-je pas rebellé à ce moment-là ? Pourquoi n'ai-je pas interpellé le chirurgien ? Nous aurions pu prendre un autre avis. Demander de nouveaux examens. L'opération s'était bien passée. Le traitement aussi. Mon père avait l'air en forme. Et soudain, ce coup de massue. Peut-être y avait-il des alternatives ? Peut-être qu'en commençant une nouvelle chimiothérapie tout de suite, nous aurions pu ralentir l'évolution de la maladie ? J'aurais pu poser ces questions. Mais je me suis contenté de dire : « Combien de temps ? »

Nous étions sur le point de vivre un moment unique et je ne voulais pas gâcher la fête.

Le taxi se gare devant le terminal 2G.

Je récupère mon bagage. J'entre dans l'aérogare. Mon père et mes frères m'attendent au comptoir d'enregistrement. Ils m'accueillent, tout sourire.

— C'est parti ! lance mon père, guilleret.

— Allez la France ! surenchérit mon frère.

Six mois auparavant, personne ne savait si mon père serait en état de faire ce voyage. Il est là, debout, heureux. Mes frères aussi sont rayonnants.

Dans l'avion, je m'assois à côté de mon plus jeune frère. Je me penche vers lui.

— Le chirurgien m'a appelé sur le chemin de l'aéroport…

— Ah, non, je ne veux rien savoir. On verra ça plus tard. Pour l'instant, on kiffe.

J'obéis.

Plus tard, à l'hôtel du Cap, je partage une chambre avec mon autre frère. Au moment de nous coucher, j'essaie de me confier à lui.

— Je t'en prie, profitons du moment. On en parlera à notre retour, OK ?

Je me tais.

Je serai donc le seul à savoir, avec certitude, que c'est notre dernier voyage, notre dernier été, notre dernière Coupe du monde.

*

Le séjour au Cap se déroule comme un rêve. Nous découvrons la ville dans une ambiance festive, nous goûtons la cuisine locale, nous passons nos après-midi aux terrasses des bars à regarder tous les matchs de la compétition. Nous croisons des supporteurs brésiliens, espagnols, japonais. Nous nous rendons aussi au stade, deux fois. Une première pour supporter la France contre l'Uruguay, la seconde pour voir l'équipe d'Italie affronter le Paraguay. Deux matchs nuls, médiocres. Peu importe. Mon père est radieux, tellement vivant. Il marche, il crie, il chante, il savoure chaque instant. Mes frères aussi.

Hanté par le diagnostic du chirurgien, j'ai plus de mal qu'eux à profiter du présent, mais je donne le change. Je me concentre sur la joie de mon père. Même si la vie devait s'arrêter là, il aura vécu cet instant de bonheur avec ses fils. À d'autres moments, lorsque les idées noires prennent le dessus, que je me dis que tout cela n'a aucun sens, qu'il sera bientôt mort, que tous ces souvenirs seront réduits en cendres, je double la dose de mojitos.

À plusieurs reprises pendant la semaine, je surprends mon frère cadet perdu dans ses pensées. Il m'avouera plus tard que lui aussi n'y croyait déjà plus. Le plus jeune gardera espoir jusqu'au bout.

Un après-midi, je me retrouve seul au bar de l'hôtel avec mon père. Nous sirotons une piña colada sur la terrasse qui surplombe la mer en observant les vagues puissantes qui déferlent sur les rochers avec le sentiment de se tenir sur le bord du monde. Il m'interroge sur mon travail. Il a toujours été fier de mon métier de réalisateur, à la fois intrigué et exalté par ce milieu qu'il ne connaît pas. Ce jour-là, alors que le soleil blanchit la mer, que la chaleur monte, que le visage de mon père est perlé de fines gouttes de sueur, il me parle comme il ne m'a jamais parlé. Il me dit ce qu'il a aimé dans mes films, me confie ce qui l'a touché dans les histoires que j'ai racontées, ce qui l'a dérangé aussi. Il pose des questions sur mes projets. Je décris dans le détail l'intrigue, le casting, le financement du film que je m'apprête à tourner et qu'il ne verra pas.

Peu de temps après sa mort, j'ai retrouvé dans un tiroir de son bureau une boîte remplie de photos.

Des colonnes Morris sur lesquelles les affiches de mon premier long-métrage avaient été placardées. Une vingtaine d'images quasiment identiques. Une seule aurait pourtant suffi.

Je regarde aujourd'hui ces clichés avec émotion. Je l'imagine remontant les Champs-Élysées avec son appareil argentique en bandoulière pour immortaliser la consécration de son fils cinéaste. Il m'a autorisé à vivre ce rêve, malgré sa réticence et ses doutes. Lorsqu'à la sortie du lycée j'ai décidé d'étudier l'architecture, il était comblé. Mon changement de cap, quelques années plus tard, l'avait contrarié mais il n'avait rien empêché. Au contraire. Il m'a soutenu à un moment où cette nouvelle vocation me semblait hors d'atteinte. Cette ouverture d'esprit, il la partageait avec ma mère. Ils m'ont donné la force de me dépasser et de me réaliser. Je leur en suis éternellement reconnaissant.

De ça, nous n'avons jamais parlé. Comme de tant d'autres choses. Je le regrette aujourd'hui. Mais je ne lui en veux pas. C'est moi qui aurais dû provoquer la discussion, comme quand mon fils m'a dit qu'il m'aimait. Dans l'enfance de mon père, on n'exprimait pas ses sentiments. En vieillissant, il s'est enfermé dans ce silence. Même sa relation avec ma mère, qui à l'inverse partage facilement ses états d'âme, n'a rien changé. Il aurait fallu que nous, ses enfants, nous le poussions dans ses retranchements, que nous l'interrogions sur son passé, que nous questionnions ses émotions, ses envies. Mais nos discussions se limitaient aux détails du quotidien. Une quête du bonheur au jour le jour. Nous avons vécu heureux. Mais nous ne nous sommes pas parlé. Maintenant, il est trop tard.

*

En repensant à notre voyage en Afrique du Sud, je me rends compte des efforts que mon père a dû produire pour nous suivre, de stade en stade, de restaurant en restaurant, de bar en bar. Il donnait le change. Il détestait qu'on l'interroge sur son état, sa fatigue. Il refusait qu'on le traite comme un malade. Nous continuions à faire semblant. À nier la réalité. Ça lui plaisait. Nous étions là, pour prendre du bon temps. Le kif, rien que le kif, jusqu'au bout.

Le dernier jour, nous avons décidé de monter en haut d'un grand promontoire en forme de table qui domine Le Cap. Nous avons emprunté un téléphérique puis continué à pied pour rejoindre le sommet, à plus de mille mètres d'altitude. Notre père, à bout de forces, a renoncé à mi-parcours. Il s'est accoudé à une rambarde. Il a souri. J'ai immortalisé ce moment avec mon téléphone portable. Il se tient droit. Les épaules couvertes de son duffle-coat noir. En arrière-plan, la ville tentaculaire et l'océan à perte de vue. Il a l'air exténué mais semble apaisé. C'est la dernière photo que j'ai de lui.

Ce n'est pas la plus belle, elle est légèrement surexposée, mal cadrée, mais c'est la plus émouvante. Elle est punaisée sur le mur de mon bureau, à côté d'un portrait pris quelques années plus tôt. En pleine forme, attablé à la terrasse d'un restaurant de plage, il suçote un cure-dent. On sent une pointe d'angoisse dans son regard doux, perdu dans le vide. Il porte un tee-shirt gris chiné. Ses cheveux sont clairsemés, poivre et sel, frisés. Il a la vie devant lui.

Depuis ce jour, je ne l'ai plus photographié ni filmé. J'ai préféré garder cette dernière image. Il est fatigué mais vivant. En train de gravir une montagne.

*

De retour à Paris, mon père a décidé de se reposer en prévision d'un autre périple. Avec toute la famille cette fois-ci. Sa femme, ses fils, ses belles-filles et ses sept petits-enfants. Pour rien au monde il ne raterait cela : une semaine au bord de la mer, en Italie, comme chaque été depuis trente ans.

Ses grands-parents, originaires de Livourne, avaient immigré en Tunisie au début du XX^e^ siècle. Mon père parlait couramment la langue de ses ancêtres. Il n'a eu de cesse, tout au long de notre vie, de nous ramener vers le pays de son cœur. Nous passions chaque année une partie de l'été entre la Ligurie et la Toscane.

Nos vacances étaient rythmées par les voix des *Urlatori*. Toto Cutugno, Riccardo Cocciante, Pupo, Eduardo De Crescenzo : des chanteurs qui hurlent leur désir et leur désespoir. Mon père, pourtant si pudique, avait une passion pour ces écorchés vifs. Il raffolait de leurs déclarations d'amour à l'eau de rose. « *Perché io da quella sera, Non ho fatto più l'amore senza te, E non me ne frega niente senza te.* » Il connaissait leurs chansons par cœur. Chaque année, nous partions de Paris en voiture, direction le sud. Une fois derrière nous les premiers tunnels à la sortie de Nice, nous attendions le panneau qui indiquait la frontière pour enclencher l'autoradio à plein volume et nous mettre à chanter à tue-tête. Tous les standards de la variété italienne y passaient. Nous nous égosillions sans interruption jusqu'à l'arrivée.

Notre destination : un bourg de bord de mer au sud des Cinque Terre. Des rues étroites, des façades colorées, un château médiéval, des églises et des trattorias.

Nous partagions notre temps entre la plage et une barque à moteur en bois que nous louions sur le port. Nous partions caboter le long de la côte en nous aventurant jusqu'aux petites îles du golfe. Puis, après un plongeon dans l'eau limpide d'une des criques, nous nous arrêtions dans un restaurant accroché sur les rochers. Nous y dégustions des spaghettis aux vongole et de la friture de calamars. Nous regardions dériver les voiliers à l'horizon. De temps en temps, un gigantesque porte-conteneurs, haut comme un immeuble, traversait la baie en signalant sa présence à grands coups de sirène. Au moment où le soleil disparaissait derrière les tours du château, que les premiers diamants apparaissaient sur la surface de la mer, nous rejoignions le village. Nous dégustions des glaces au citron sur le port puis nous nous installions sur les bancs qui longent le bord de mer pour assister à la *passeggiata*. Une tradition ancestrale de la promenade. Mon père pouvait rester des heures à regarder déambuler les vieux villageois, les familles bruyantes et les couples de vacanciers.

Nous aimions aussi, à la tombée du jour, emprunter la route sinueuse qui grimpait sur la colline. Au versant, un hameau, quelques maisons construites sur les rives d'un fleuve qui se jetait dans la mer. « Il y a ce fleuve. On ne peut pas se lasser de le regarder. Ce que c'est beau les fleuves, surtout quand ils arrivent à leur fin, énormes, comme celui-là », a écrit Marguerite Duras à propos de cet endroit. Nous adorions observer les courants d'eau douce et d'eau salée en sirotant du vin blanc local. Nous savourions du poisson grillé bercés par le son des fêtes sur la rive opposée. Derrière la cime des pins parasols, les carrières de marbre de Carrare donnaient un air de monts enneigés au relief...

Alors que nous nous réjouissons de partager tout cela une dernière fois avec notre père, les médecins s'y opposent : il doit se reposer dans la perspective de son prochain traitement.

*

Déjà juillet. Je me rends compte que je n'ai parlé à personne du coup de téléphone du chirurgien sur le chemin de l'aéroport. Mes frères semblent ne pas vouloir savoir. Ils ne m'ont pas interrogé à notre retour d'Afrique du Sud.

Je pourrais en parler à ma mère. Je ne le fais pas.

Je pourrais décrocher mon téléphone pour obtenir des précisions, un nouveau diagnostic. Je ne le fais pas.

Je m'accroche à l'idée que pour se battre mon père a besoin d'être dans la meilleure disposition psychologique possible. Qu'en respectant le silence qu'il nous impose, nous l'aidons à être plus fort. Nous devons montrer un visage positif, sans faille. Dissimuler nos doutes.

Pourtant, je ne suis pas dupe. Personne n'est dupe. Alors pour ne pas sombrer dans le désespoir, je convoque d'autres histoires de résurrection.

Comme celle que m'a racontée une amie new-yorkaise quelques semaines auparavant. À soixante ans, on lui a diagnostiqué un cancer fulgurant, sans espoir. Elle a décidé de vendre son appartement, de se débarrasser de ses effets personnels et de rentrer en France avec une simple valise pour finir sa vie auprès de sa famille. Une fois à Paris, on lui a proposé une chimiothérapie palliative. Ça n'allait pas la soigner mais ça la soulagerait pendant les quelques semaines qu'il lui restait à vivre. À la surprise générale, son état s'est amélioré. Quelques mois plus tard, les médecins lui annonçaient qu'elle était en rémission. Elle avait tout perdu. Elle n'avait plus de maison. Seulement quelques vêtements. Mais elle était vivante.

Croire au miracle.

À l'impossible.

Aux chimères.

Aux histoires qui n'arrivent qu'aux autres.

Tant que mon père est là, que je peux entendre sa voix, sentir sa peau, voir bouger ses mains, entendre son rire, je veux y croire.

*

En attendant la rentrée et la reprise de la chimiothérapie, mes parents partent dans leur maison de campagne en Aveyron. Ma mère a fait découvrir à mon père cette région verdoyante et rocailleuse où elle a passé une partie de son enfance. Il a immédiatement été conquis par la nature sauvage, l'air frais, les vaches et l'aligot, à l'opposé de ce qu'il avait laissé derrière lui en Tunisie. Dans les années quatre-vingt, ils ont acheté une ferme. Un bâtiment aux murs épais recouvert de lauzes. Un jardin en pente clos de murets en pierres sèches. Quelques arbres fruitiers. Une source. Un grand tilleul pour faire de l'ombre l'été. Une bâtisse qu'ils ont retapée pendant dix ans.

Mon père a toujours aimé bricoler. Il passait la plupart de son temps libre, ses week-ends, ses vacances, un marteau, une visseuse ou un pinceau à la main. C'était sa façon de se vider la tête. Un remède à son angoisse naturelle, un moyen d'oublier les difficultés financières liées à leur entreprise, toujours sur le fil malgré un succès grandissant. Mon père était joueur. Cette éternelle fuite en avant, qui consistait à systématiquement réinvestir ce qu'il gagnait pour lancer de nouveaux projets, était son moteur. Les sueurs froides que cela lui procurait étaient comme une drogue. Même dans les moments les plus critiques, il ne laissait rien paraître. J'ai passé mon enfance à penser que nous avions de l'argent, alors que cela n'a pas tout le temps été le cas. Toujours la même idée : tant qu'on ne parle pas d'un sujet, il n'existe pas.

Cet été-là, malgré la fatigue, il occupe ses journées à peindre le mobilier de jardin. Il répare les dégâts provoqués par les chutes de neige de l'hiver, ponce les volets, vernit les chaises, détartre les robinets. Il oublie la maladie.

Quand je repense à ces quelques semaines de répit, je me demande encore, quinze ans plus tard, pourquoi je ne lui ai pas rendu visite à ce moment-là. Le 23 juillet, il a fêté l'anniversaire de ses soixante-neuf ans seul avec ma mère. Je savais que le temps était compté. Était-ce ma manière à moi de tromper la mort ? De refuser la fatalité ? Il y aurait encore des dizaines de balades sur les plateaux de l'Aubrac. Des centaines d'autres descentes à vélo à Espalion. Des milliers de parties de belote au fond du jardin. Une infinité d'occasions de déguster de la truffade entre deux fous rires. Oui, bien sûr qu'il y aurait d'autres étés…

Ou avais-je simplement besoin d'une trêve ? Depuis six mois, j'assistais impuissant à la lente déchéance de mon père. Je crois que j'ai profité de ce moment de répit pour reprendre des forces. En prévision de la période difficile qui s'annonçait.

Plus les jours passent, plus la fatigue se fait sentir. Le 20 août, alors que l'été touche à sa fin et que les premiers orages font leur apparition, mon père est victime d'un malaise. Le généraliste du village lui rend visite. Il conseille à ma mère de rentrer à Paris. L'hôpital le plus proche est à soixante kilomètres. Le risque est trop grand.

Au moment du départ, mon père fait un dernier tour de la maison. Il vérifie que les volets sont fermés, l'eau et l'électricité coupées. Je l'imagine s'immobilisant seul dans la pénombre fraîche du salon. Je pense à un passage de *La Cerisaie*, une pièce d'Anton Tchekhov qu'il ne connaît pas : « Je reste encore, une toute petite minute. Comme si je n'avais jamais bien vu les murs de cette maison, et ces plafonds – à présent, je les regarde avec avidité, avec tant de tendresse. Ô ma chère, ô ma tendre, ô ma belle cerisaie !... Ma vie, ma jeunesse, mon bonheur, adieu !... Adieu ! »

Une fois les bagages chargés dans la voiture, ma mère propose de prendre le volant. Mon père refuse. Il tient à conduire. Ça a toujours été comme ça. Aucune raison que ça change. Ne pas modifier les habitudes. Comme une forme de résistance.

En chemin pour la gare, sur les petites routes sinueuses de montagne, mon père conduit comme un dément. Il ne respecte aucune limitation de vitesse. Il manque à plusieurs reprises de précipiter la voiture dans le ravin. Ma mère est terrifiée mais ne dit rien. Peut-être que finir ensemble encastrés dans un chêne ne serait pas une si mauvaise chose, songe-t-elle.

Ils arrivent saufs à destination.

À la gare, mon père, fiévreux, part acheter les journaux. Ma mère essaie de l'en dissuader. Il la rembarre. Deux jours qu'il n'a pas lu *L'Équipe*. Il disparaît. L'heure du départ approche. Ma mère s'inquiète. Elle cherche son téléphone. Batterie à plat. Un voyageur lui prête le sien. Tonalité dans le vide. Annonce de départ imminent. Mon père réapparaît soudain, en nage. Ma mère, partagée entre le soulagement et la colère, l'entraîne vers le train.

— Tu m'as fait une de ces peurs.

— Désolé, répond-il, hagard.

Ils montent dans le wagon. Les portes se ferment derrière eux.

Mon père dort pendant tout le voyage.

À l'arrivée, ma mère le soutient d'une main, pousse un chariot de l'autre. Elle double la file d'attente en s'excusant. Ils s'engouffrent dans un taxi.

Une fois à la maison, mon père s'écroule sur son lit.

Il lui reste un mois à vivre.

## Le mensonge

Son père est mort d'une crise cardiaque en hurlant de peur.

Dans sa famille, l'angoisse de la mort et du temps qui passe est une névrose ancienne.

À Tunis, pendant la jeunesse de mon père, la mort était un sujet tabou. Mes grands-parents interdisaient à leurs enfants de parler des défunts à table. Quand je suis devenu père à mon tour, j'ai appris que lorsqu'on ne parle pas aux enfants de la mort, ils développent souvent une appréhension qui les rend incapables de se confronter à celle-ci plus tard.

Mon père, malgré son sens de l'humour, ne supportait pas qu'on y fasse allusion. Si ma mère évoquait dans une discussion le jour où elle allait mourir, il l'interrompait d'un « arrête tes conneries » cinglant. Comme si un son strident lui avait percé le tympan. « Dans de nombreuses familles juives, lorsque quelqu'un tombe malade, on lui attribue un autre prénom. Son identité est changée, afin d'induire en erreur l'être surnaturel qui aurait la mauvaise idée de venir le chercher. Imaginer que l'ange de la mort sonne à votre porte pour réclamer la vie d'un certain Moshé, vous pouvez tranquillement lui répondre : “Désolé, aucun Moshé n'habite ici. Vous êtes chez Salomon.” Et l'ange, penaud, pourra s'excuser de vous avoir dérangé, faire demi-tour et s'éloigner », raconte la rabbine Delphine Horvilleur dans *Vivre avec nos morts*.

Si mon père avait connu cette légende, il aurait demandé, la dernière année de sa vie, qu'on l'appelle Freddie, Stan ou Lee, du prénom de ses jazzmen préférés. Il avait été élevé dans une famille croyante mais n'avait aucune connaissance des textes religieux. Il était profondément athée. Mes frères et moi avons porté le nom le plus sacré de la culture juive sans rien savoir de cette religion. Notre père n'en parlait jamais. Et, fidèles à la vieille coutume familiale, nous ne posions pas de questions. Notre connexion avec le judaïsme était le couscous que préparait ma grand-mère une fois par an à l'occasion de Yom Kippour. Nous nous régalions de semoule et de boulettes aux artichauts sans avoir la moindre idée de ce que pouvait représenter le Grand Pardon.

Les autres fêtes, Shabbat, Roch Hachana ou Hanoukka, ne faisaient pas partie de notre calendrier familial. Il y a quelques années, j'ai été invité par un ami à célébrer Pessah dans sa famille. Pendant toute la soirée, j'ai évité de me présenter par mon nom, privilégiant mon prénom, goy à souhait, pour ne pas attirer l'attention. Séfarade dans un dîner ashkénaze, j'étais écœuré par la carpe farcie, le foie haché, la tête de mouton, je ne comprenais rien aux rituels de la fête. Je me sentais comme un mauvais juif.

Pourquoi mon père ne nous a-t-il rien transmis de ses racines ? Il n'était pas croyant, mais la tradition juive n'est pas forcément liée à la religion. On peut être juif sans être pratiquant. J'aurais adoré qu'il nous parle de la sortie de l'Égypte, de l'exil de son peuple, de celui de nos ancêtres du sud de l'Europe jusqu'en Afrique du Nord, qu'il nous raconte la vie en Tunisie, qu'il nous montre des photos ou les petits films en super-huit que tournait son oncle. Il aurait aussi pu nous présenter d'autres membres de la famille, eux nous auraient éclairés. Mais mon père avait coupé tout lien avec ces gens qui le renvoyaient à une histoire trop douloureuse. Chassé de son pays à dix-huit ans, il savait qu'il ne reviendrait pas en arrière. Il avait décidé de faire une croix définitive sur son enfance et son adolescence. Pour mieux s'assimiler. Bien sûr, il lui arrivait d'être nostalgique. Mais il n'en parlait pas. Lorsque j'essayais de l'interroger sur le sujet, il me répondait de manière évasive. Je sentais que c'était pénible. Je n'insistais pas.

Il aura fallu attendre longtemps avant qu'il n'accepte de retourner sur sa terre natale, de nous emmener sur les traces de son passé. Nous avons beaucoup insisté. Il a fini par céder.

Dès notre arrivée à l'aéroport, on a fait sentir à mon père qu'il n'était pas le bienvenu. Son nom, le plus juif d'entre tous, le marquait au fer rouge. Il a hésité à faire demi-tour. Nous l'avons encouragé à se concentrer sur l'essentiel : nous faire découvrir les lieux de sa jeunesse. L'immeuble blanchi à la chaux où habitaient ses parents, son lycée, le lieu de villégiature familial au bord de la mer, le marchand de glaces à la fraise, le magasin de sandwichs au thon, le vendeur de beignets. Il était ému. Mais nous sentions que quelque chose était cassé.

Pour conclure notre voyage, nous sommes descendus dans le sud du pays. Direction Djerba la Douce. « À Djerba, l'air est si doux qu'il empêche de mourir », disait Flaubert. Nous avons séjourné dans un hôtel du littoral. Un après-midi, alors que nous jouions au foot sur le sable, mon plus jeune frère a rejoint notre bungalow au pas de course. La baie vitrée était fermée. Il ne l'a pas vue. Il est passé au travers. Il s'est effondré, le visage en sang. Une plaie profonde de l'œil gauche à l'arrière du crâne. La tête coupée en deux. Un jeune docteur de l'hôtel a proposé de le prendre en charge. Il l'a transporté dans son bureau. Nous avons patienté dans la pièce voisine. Une attente interminable. Mes parents, dévorés par l'inquiétude, ont fini par intervenir. En découvrant le visage déformé de mon frère, ils ont compris : le médecin apprenti avait recousu la peau sans parvenir à suturer la veine sectionnée. L'hématome était spectaculaire. Nous avons sauté dans un taxi en direction de la ville la plus proche. Un hôpital flambant neuf venait d'y être inauguré deux semaines plus tôt. Croire au miracle. Mon frère semi-inconscient a posé sa tête sur les genoux de ma mère, elle lui a caressé les cheveux, lui a parlé pour qu'il ne s'endorme pas. Le trajet a duré une éternité, dans une chaleur étouffante. Je jetais des regards furtifs à mon père installé sur le siège passager. Il sommait le chauffeur d'accélérer, terrassé par l'angoisse. Il fermait régulièrement les yeux, respirait difficilement. En arrivant à l'hôpital, mon frère a été pris en charge par le service des urgences. Son opération a duré trois heures. Le chirurgien a fini par nous rejoindre dans la salle d'attente.

— Votre fils est sauvé, a-t-il dit à mes parents.

Ma mère a éclaté en sanglots.

— Il s'en est fallu de peu, a précisé le médecin.

Mon père y a vu un signe. Retourner dans son pays avait été une erreur. Il a décidé de ne plus y remettre les pieds.

À la suite de ce voyage, il est redevenu mutique sur son passé. Pourtant à l'approche de la mort, je me demande si renouer avec ses racines ne l'aurait pas apaisé, si ça n'aurait pas atténué sa peur. Son frère, avec qui il partageait la même angoisse maladive, a fait ce choix. Lorsque sa femme est tombée malade, il a demandé à un ami rabbin s'il pouvait prier avec lui. Ce dernier lui a proposé de l'accompagner à la synagogue pour se recueillir et bénir les fidèles. Mon oncle lui a opposé son athéisme. Lui qui ne connaissait pas les textes ni un mot d'hébreu, comment aurait-il pu se substituer au rabbin ? Ce dernier lui a expliqué que son appartenance à la première tribu d'Israël par son nom de famille lui accordait le droit de bénir n'importe quel juif. Même le plus pieux. Il lui a appris la prière phonétiquement et l'a emmené à la synagogue. Mon oncle a récité sa bénédiction puis, à partir de ce jour, s'y est rendu tous les samedis, jour de shabbat. Il arrivait en général au début de la cérémonie, restait dix minutes, le temps de bénir l'assemblée, puis partait faire ses courses du week-end, laissant les « vrais » fidèles à leur culte. Malgré ses prières, ma tante a succombé rapidement. Mais mon oncle a continué ce rituel hebdomadaire jusqu'à la fin de sa vie.

Même à l'article de la mort, mon père, lui, n'a pas ressenti le besoin de se reconnecter à la religion.

Dans la famille de ma mère, le rapport à la mort était plus simple. En vieillissant, mon grand-père maternel en parlait librement. Il était fatigué. Il avait perdu sa femme trop tôt. Puis quatre de ses filles coup sur coup. Il a fêté ses quatre-vingts ans sans enthousiasme. Ses quatre-vingt-dix ans avec lassitude. Il avait fait son temps. Il ne se sentait plus adapté à ce monde. Il disait qu'il s'en irait volontiers, que la mort faisait partie de la vie. Il est décédé à l'âge de quatre-vingt-quatorze ans. La veille, il avait pris un avion depuis Marseille où il vivait pour se rendre à Paris au mariage de son petit-fils. Après la cérémonie, il est rentré dormir chez mes parents. Ma mère lui avait acheté le dernier prix Goncourt. Il a passé la soirée à lire au coin du feu en sirotant un verre de Cointreau. Le lendemain, ma mère et lui ont fait une longue marche. Le Luxembourg, les fontaines, les abeilles. Ils sont ensuite allés déjeuner au Quartier latin. Ils se sont installés au fond du restaurant, face à face. À la table voisine, une famille nombreuse avec un vieux monsieur de l'âge de mon grand-père. Ils se sont salués poliment d'un signe de la tête. Après une salade verte aux noix, la serveuse a apporté une viande rouge et des frites. Du bout de sa fourchette, mon grand-père a attrapé un morceau de pomme de terre. Il l'a trempé dans la sauce avant de l'engloutir avec gourmandise. Il a dégluti puis s'est mis à tousser, le plus discrètement possible. Ma mère l'a encouragé à cracher. Il a refusé, il avait sa fierté. Son cœur a lâché. Il s'est effondré sur la banquette sous les yeux de ma mère. Quand elle raconte cet événement aujourd'hui, elle dit : « Il avait un petit problème au cœur, moi j'ai le même, je suis tellement contente : c'est la mort idéale ! »

Ma mère m'a transmis cette légèreté face à la mort. Je ne suis pas inquiet. J'ai le sentiment, à cinquante ans passés, d'avoir vécu une vie bien remplie. Si tout devait s'arrêter demain, je crois que je partirais serein. Le thérapeute américain Irvin Yalom développe l'idée que l'angoisse de la mort est proportionnelle à nos regrets. J'ai peu de regrets. J'aime cette pensée épicurienne : « Tant que nous sommes là, la mort ne l'est pas et quand elle est là, nous n'y sommes plus. »

*

Dès son retour à Paris, à la fin du mois d'août, le médecin de famille prescrit à mon père de nouveaux examens. Je l'accompagne dans un centre d'imagerie médicale du VIII^e arrondissement. Une fois la série de scanners terminée, le directeur du laboratoire nous propose de passer dans son bureau pour examiner les résultats.

— Envoyez tout ça à la maison, répond mon père, avant de s'éclipser.

Ces analyses, il n'en prendra jamais connaissance. Il ne veut plus rien savoir. Surtout pas qu'on lui explique que, pendant les deux mois d'été, le cancer a progressé dramatiquement, que le foie est touché, qu'aucun traitement ne peut plus le sauver, qu'il va bientôt mourir. Il s'en tient à son principe : en niant la réalité, il se donne l'illusion de la vie éternelle.

Pour la première fois depuis le début de son traitement, je sens sa peur. Son silence, son incapacité à parler de la maladie, le refus d'entendre le verdict des médecins montrent à quel point il est terrifié. Le gouffre de l'angoisse. Une peur irrationnelle contre laquelle il ne peut rien et qui s'amplifie de jour en jour. Malgré son corps amaigri, son souffle de plus en plus court, ses difficultés à se déplacer, il ne fait aucune allusion à son état. Il refuse systématiquement la discussion. Dès que nous évoquons sa maladie, il change de sujet.

Nous décidons de respecter sa volonté. Tant que les nouvelles seront mauvaises, nous nous tairons. Tant qu'il ne demande rien, on ne dit rien.

*

Mon père passe ses journées à faire des mots croisés dans un fauteuil duquel il lui est devenu pénible de se lever. Il grimace à chaque effort, ne sort plus de la maison, mange de moins en moins. Il a encore maigri, flotte dans ses vêtements. Ma mère lui propose de mettre à jour sa garde-robe. Son style vestimentaire a toujours été rudimentaire : un pantalon à pinces beige, une chemise bleue et des mocassins. Le même accoutrement depuis cinquante ans.

Ma mère se rend dans un magasin de discount japonais. Elle achète trois pantalons, trois chemises, trois slips, un pull. Quand elle rentre à la maison, mon père se prête de bonne grâce à une séance d'essayage. Ma mère m'envoie quelques clichés sur mon téléphone. Mon père est debout au milieu du salon, dans ses habits flambant neufs. Il a l'air perdu.

Plus les jours passent, plus la maladie progresse, plus il sent ses forces le trahir, moins il parle.

Dès le début, il s'en est remis aux médecins : « Je vous délègue le soin de me soigner. Vous vous occupez de moi. Vous vous débrouillez. J'ai compris que c'était grave. Je ne veux rien savoir de plus. »

Mon père n'est pourtant pas le genre de personne à éviter l'obstacle. Il est courageux. Il aime les défis, la négociation, soulever des montagnes, inverser le cours des choses. Mais face à la mort, il abdique.

C'est une adversaire trop irrationnelle. Il refuse le combat, il s'en remet au destin. C'est un homme plein de bon sens, mais superstitieux. Un trait de caractère hérité de sa mère. Lorsque nous allions manger chez mes grands-parents, il était hors de question d'être treize à table. Si cela risquait d'être le cas, ma grand-mère conviait un invité surprise. Et si elle n'en trouvait pas, elle dînait seule dans la cuisine. Pour se protéger du mauvais œil, elle prenait également soin de ne jamais se piquer le doigt avec une aiguille, de ne pas briser de miroir ou manger de chewing-gum la nuit. Elle ne marchait pas non plus sur les plaques d'égout. Mon père, lui, détestait lire les mauvaises nouvelles. Lorsqu'il découvrait dans le journal qu'une catastrophe aérienne avait eu lieu, même à l'autre bout du monde, il ne supportait pas qu'on en parle. Il a lui-même longtemps refusé de prendre l'avion. Une peur incontrôlable qui l'amenait à ne voyager qu'en voiture – statistiquement mille trois cents fois plus dangereux que l'avion –, en train ou en bateau quelle que soit la distance. La première fois que nous avons décidé de partir en famille aux États-Unis, il avait réservé des places sur le *Queen Elizabeth 2* pour une croisière de six jours. Mais peu de temps avant notre départ, le Royaume-Uni est entré en guerre avec l'Argentine à propos de l'archipel des Malouines. Le paquebot fut réquisitionné pour transporter les troupes britanniques. Il fallut attendre vingt ans pour que nous puissions enfin traverser l'Atlantique. Mon père avait fini par accepter de prendre l'avion. À chaque voyage, il se saoulait méthodiquement avant le décollage puis continuait à bord. Je me souviens d'un jour où, ivre de boukha, un alcool de figue tunisien, il avait dégringolé d'une passerelle manquant de se fracturer le coccyx.

*

Pour son dernier voyage, il se laisse guider. Ses seules exigences concernent des détails du quotidien, des envies culinaires. Il n'a aucune revendication particulière sur la manière dont il doit être soigné. Il est persuadé que les médecins, sa femme, ses enfants sauront prendre les bonnes décisions.

Il fonctionne par omission. N'aborde aucun sujet important. Il ne confie aucun de ses sentiments. Il ne partage rien et n'attend rien en retour. Il se concentre sur le présent et continue de croire à la baraka. À la dernière carte au poker qui vous permet de remporter une main au mépris de toutes les statistiques. Plus jeune, il passait ses week-ends sur les champs de courses. Il adorait parier. Il aimait la montée d'adrénaline que les prises de risque provoquaient chez lui. Aujourd'hui, il s'accroche à cet espoir. Aussi minime soit-il.

*

Contre toute attente, il nous annonce qu'il vient de réserver des billets d'avion pour les vacances de Noël. Un séjour au soleil avec toute la famille. Des billets ni modifiables ni remboursables.

— Vivement décembre, lance-t-il enjoué.

*

Cette dernière ligne droite, ma mère, mes frères et moi l'abordons comme une mission : tout mettre en œuvre pour lui éviter de souffrir, aussi bien physiquement que psychologiquement.

Pour cela, nous allons devoir lui mentir. Et même si nous avons le sentiment que nous agissons pour son bien, avec son consentement tacite, cela développe une grande frustration chez nous. Pour préserver notre père de son angoisse, nous nous tenons à distance au moment où nous aurions le plus besoin de nous rapprocher de lui. Ce manque d'échanges, cette impossibilité d'exprimer nos sentiments, au risque d'éveiller ses soupçons, construit une barrière entre nous.

Je me souviens d'une de mes tantes, morte à la maison. Mes parents l'avaient installée dans la chambre mitoyenne à la mienne. Pendant les deux jours qui avaient précédé son décès, je l'ai entendue discuter avec ma mère sans interruption. Elles parlaient à voix basse. C'était diffus. Je ne comprenais pas ce qu'elles se disaient. Mais j'imaginais ma tante lui demander de prendre soin de ses filles. Préciser comment elle imaginait ses funérailles. Gérer l'organisation de la vie d'après. La remercier d'avoir pris soin d'elle. Lui redire son amour. Ma mère aussi l'avait remerciée. Merci ma petite sœur chérie d'avoir été dans ma vie, moi aussi je t'aime.

Toutes ces choses que nous nous ne sommes jamais dites avec mon père.

## La dernière ligne droite

L'oncologue nous annonce que mon père ne supportera pas une nouvelle chimiothérapie. Elle préconise de le faire transférer dans un service de soins palliatifs.

Hors de question. Ma mère est formelle. Elle tiendra sa promesse. Elle lui a juré qu'il ne retournerait pas à l'hôpital. Il n'y retournera pas.

Dès le lendemain, elle organise une médicalisation à domicile : une infirmière passera lui prodiguer des soins quotidiennement et notre médecin de famille lui rendra visite régulièrement.

Nous réaménageons leur chambre en dissimulant au mieux l'attirail médical. Mon père ne supporte pas ce qui lui rappelle la maladie. Les médicaments sont rangés dans une boîte à chaussures. Les ordonnances dans le tiroir de la table de nuit. La perfusion sous un paréo, hors de son champ de vision.

Mes frères, ma mère et moi nous relayons à ses côtés. Nous veillons à ce qu'il ne soit jamais seul, qu'il ne manque de rien. Nous lui apportons des nouvelles de l'extérieur. Les amis, ceux qu'il ne voit plus, la famille, les derniers ragots. Nous plaisantons, essayons de retrouver un peu de légèreté. Comme avant.

Nous lui offrons ce qu'il semble attendre de nous : un environnement rassurant et chaleureux.

Pour encourager notre père à quitter sa chambre, nous bricolons un système de projection dans le salon de la maison. Il est ravi. Il a l'impression de sortir en ville. Nous sélectionnons des films légers, des comédies italiennes, ses préférées. Nous revoyons *L'Argent de la vieille*, de Luigi Comencini.

Mais bientôt, il ne parvient plus à s'extraire de son lit. Il n'a plus la force de marcher. Il a de plus en plus de mal à faire sa toilette seul. Il ne supporte plus de se regarder dans un miroir. Il ne se pèse plus, lui qui a toujours été obsédé par son poids.

— On ne me soigne pas ! lance-t-il à ma mère.

Depuis le début de son traitement, il ne s'est jamais plaint. Toujours reconnaissant envers les médecins qu'il remercie régulièrement. Là, il est en colère.

— Quand est-ce que je vais pouvoir recommencer les soins et reprendre la chimio ?

C'est la première fois qu'il se révolte. La première fois qu'il verbalise la maladie. Va-t-il enfin parler ? Demander des comptes ? Est-ce le moment de lui dire la vérité ? Lui expliquer que l'évolution de la maladie a peu de choses à voir avec la manière dont les médecins s'occupent de lui. Il est entre les meilleures mains. Tout le monde fait de son mieux. Nous pourrions en profiter pour lui proposer des traitements alternatifs. De la crudothérapie, de la magnétothérapie, de la naturopathie, un chaman brésilien. Une de mes tantes était partie faire une cure ayurvédique de trois mois dans les montagnes, il serait facile de retrouver le nom de cet endroit. Nous pourrions aussi interroger notre père sur la suite. Organiser ensemble sa fin de vie. Mais par où commencer ? Lui livrer le résultat déplorable de ses dernières analyses, les conclusions catastrophiques des médecins, lui avouer que, malgré toute la bonne volonté du monde, personne ne peut plus rien pour lui. Nous n'en avons pas le courage. Une telle annonce l'achèverait. Alors, nous restons évasifs.

— Il va d'abord falloir que tu reprennes des forces pour que ton oncologue réfléchisse à un nouveau protocole, mentons-nous.

Avec du recul, je me demande aujourd'hui ce qu'il se serait passé si nous avions rompu le silence à ce moment-là.

Cela nous aurait certainement soulagés. Le poids du non-dit nous pesait chaque jour un peu plus.

Mais mon père n'aurait pas pu faire face à une telle révélation. Il se serait effondré. Le déni dans lequel il s'était enfermé lui servait de bouclier. Cette protection lui permettait de ne pas sombrer dans la terreur et la dépression, comme ce fut le cas de son propre père. Et je me dis que malgré la frustration et la tristesse que cela a pu engendrer chez moi, je suis heureux d'avoir respecté cette folie qu'il avait mise en place. Elle était sa mesure. C'était sa manière à lui de faire face à la mort.

*

Dans les premières semaines de son alitement, mon père acceptait les visites. On se pressait à son chevet. Les uns parlaient d'avenir, les autres du passé, certains continuaient à lui demander des conseils. Une nièce l'interrogeait sur les travaux de son nouvel appartement, il esquissait un croquis sur un coin d'agenda. Une tante lui présentait son dernier compte d'exploitation, on lui apportait sa machine à calculer. Un ami lui décrivait son nouveau projet de restaurant, il promettait de lui rendre visite dès que possible. Une cousine lui apportait des pâtisseries tunisiennes sans savoir qu'il ne tolérait plus le sucre. Tous s'appliquaient à être dans la vie, feignant de ne pas remarquer ses joues de plus en plus creuses et son teint jaunâtre.

Ces va-et-vient finissent par l'épuiser. Le défilé de tous ces gens à son chevet l'inquiète. Comme un mauvais présage. En les éloignant, c'est la mort qu'il éloigne. Et il ne veut plus qu'on le voie dans cet état. Il recommencera à recevoir quand ça ira mieux.

Désormais, seuls sa femme, sa sœur et ses fils sont autorisés à pénétrer dans la chambre.

*

Mon père dort le jour, peu la nuit.

*

La sœur aînée de ma mère insiste pour lui rendre visite.

Mon père accepte de faire une exception.

Elle se présente en début d'après-midi, s'assoit au bord du lit et lui propose de regarder des photos.

Il se prend au jeu.

Pendant plusieurs heures, ils feuillettent des albums anciens. Mon père demande à ma mère de lui apporter les clichés en noir et blanc de son enfance tunisienne, ceux de l'arrivée à Paris à la fin de l'adolescence, les Kodachrome jaunis par le temps, moi bébé avec ma bouille ronde – ma mère avait décrété que je devais manger un œuf par jour –, la naissance de mes frères, nos étés dans la maison de notre grand-père en Provence, les sports d'hiver, nos mariages, l'arrivée des petits-enfants.

L'évocation de ceux qu'il aime, ceux qu'on ne voit plus que sur les photos, lui redonne le sourire. Il se remémore des voyages anciens, des plages oubliées, des fêtes lointaines, à la recherche d'émotions perdues. Il pourrait voir dans le défilé de son existence quelque chose de prémonitoire, de morbide. L'évocation de tous ces moments de bonheur pourrait rendre l'approche de la mort encore plus cruelle. Au contraire, cette succession de souvenirs l'apaise. Se tourner vers le passé pour ne pas songer à l'avenir.

*

Le temps s'écoule entre le foot et les images de soixante-neuf ans d'existence.

Mon père a de plus en plus de mal à se redresser seul. Incapable de se retourner dans son lit, il est contraint de dormir sur le dos. Il ronfle.

*

Les nuits où il ne parvient pas à trouver le sommeil, il regarde la télévision. Pendant des heures.

Sans le son. Pour ne pas réveiller ma mère. Il enchaîne des programmes sportifs muets.

*

Ma mère essaie de le masser. Mais mon père la repousse. Il ne supporte plus qu'on le touche. Tel un animal blessé.

*

De nouvelles douleurs apparaissent. Le médecin lui administre de la morphine par voie orale. Mon père craint le retour des silhouettes menaçantes. Nous le rassurons, nous sommes là, nous le protégerons.

*

Mon père somnole la plupart du temps, ne parle quasiment plus.

*

Un soir, après une journée particulièrement éprouvante, je retrouve ma femme et des amis dans une soirée. Je décompresse, je bois, beaucoup, je danse, un peu. Je fais la fête alors que mon père est en train de mourir.

*

Le présent s'étire au rythme à la fois dilaté et accéléré d'une fin d'une vie. Trop long. Trop court. Nous savons que ce qui est en train de se produire arrivera trop tôt. C'est toujours trop tôt. Avant l'été, le chirurgien parlait de quelques mois. Aujourd'hui ce sont ses jours que nous comptons. Nous essayons de mettre à profit ces derniers instants, mais sommes condamnés au silence. Nous assistons, impuissants, à sa déchéance.

Cette situation insupportable s'éternise.

*

Une semaine plus tard, mon père est toujours là.

*

Ses forces diminuent chaque jour un peu plus. Puis soudain, un sursaut. Il demande à sortir de son lit. Il aimerait descendre voir un film. Nous le transportons jusqu'au canapé du salon.

Je m'efforce de trouver une histoire qui puisse accompagner en douceur cette résurrection, qui ne fasse allusion ni à la mort ni à la maladie, sans hôpitaux, enterrements ou accidents d'avion. Pas évident. J'arrête mon choix sur *Tamara Drewe*. Une comédie anglaise. Légère et enlevée. Mon père rit beaucoup. Il oublie tout le temps d'une projection.

Une fois la séance terminée, il veut dîner à table avec nous.

Nous le calons entre deux coussins dans un fauteuil en bout de table. Il préside. Rayonne. Il mange peu. Parle peu. Il nous regarde, nous écoute, sourit. Il se sent vivant à nouveau.

Il s'assoupit avant le dessert.

Nous le remontons dans sa chambre.

*

À partir de ce jour, il ne quitte plus son lit.

*

Pour occuper le temps, mon plus jeune frère propose de classer la paperasserie qui traîne sur le bureau. Une façon pour lui de plonger dans des comptes dont il aura bientôt la charge. Mon père est soulagé de mettre de l'ordre dans des documents auxquels il n'a pas touché depuis plusieurs mois, lui habituellement si organisé et méticuleux. Mon frère découvre des classeurs entiers de relevés de banque datant pour certains de plus de vingt ans. Il suggère de se débarrasser des plus anciens.

— À quel moment crois-tu que ces vieux papiers vont pouvoir te servir ?

Mon père, agacé, le rembarre violemment. Mon frère n'insiste pas, il sait que ce n'est pas contre lui, que cette position de dépendance est insupportable. Mon frère prend sur lui. Il veut profiter de ces derniers moments en tête à tête avec son père. Pendant toute son enfance mon frère a cherché une connivence avec lui. Mais notre père était agacé par ce fils qu'il avait du mal à comprendre. Il faudra des années pour qu'il gagne son estime, et finalement son admiration. Aujourd'hui, alors qu'ils ont enfin construit une relation forte, il va disparaître.

Pendant plusieurs heures, ils répertorient et archivent contrats, actes notariés, statuts de sociétés, lettres de banque, jusqu'à ce que mon père, épuisé, s'endorme à nouveau.

Au moment de rentrer chez lui, mon frère, une fois seul dans la rue, éclate en sanglots. Il ne supporte plus l'impossibilité de communiquer avec son père à propos d'autre chose que des comptes d'exploitation et des lettres de crédit.

*

Quelques jours avant sa mort, un dimanche, mon autre frère et moi passons l'après-midi avec notre père devant la télévision. Manchester United bat Liverpool

3 buts à 2 dans les dernières minutes. Un triplé du Bulgare Dimitar Berbatov. Puis Chelsea écrase Blackpool. 4 à 0. Nous basculons ensuite sur le championnat italien pour assister à la victoire de la Lazio de Rome contre la Fiorentina. À la mi-temps de ce dernier match, mon frère, en surdose de ballon rond, nous abandonne. Au moment de sortir de la pièce, mon père lui lance :

— Merci mon fils.

Mon frère se retourne et répond.

— C'est moi qui te remercie, papa.

Leur façon à eux de se dire au revoir.

Cet adieu, nous l'avons exprimé chacun à notre manière, en prenant soin de ne pas dire la mort. L'un par des mots rassurants entre deux factures. L'autre en disant simplement « merci ». Et moi en étant à ses côtés au moment de son dernier souffle.

Ma mère n'aimait pas cette idée des adieux. Lorsque je l'interroge dix ans plus tard, elle me dit : « Nous n'avons jamais cessé de parler pendant cinquante ans, nous n'avions pas besoin d'en dire plus. »

*

Je suis assis au bord du lit. Seul avec mon père. Il a des crampes dans les jambes. Je lui tends un cachet d'antalgique et un verre d'eau.

— Je suis désolé, dit-il.

— De quoi ?

Il hausse les épaules.

Et si c'était maintenant.

Le moment de parler.

Je pourrais dire : « Comment tu te sens ? »

Il répondrait : « Fiston, je suis en train de crever. Je sais que c'est foutu. Personne ne peut plus rien pour moi. Mais j'ai besoin que tu m'aides à partir en douceur. Que tu restes à mes côtés. Jusqu'au bout. Je suis désolé de ne pas t'avoir dit tout ça plus tôt. Je n'y arrivais pas. C'est trop dur. Trop con surtout. On avait encore des choses formidables à vivre ensemble… Tu prendras soin de ta mère. Elle va avoir besoin de toi… Il faudra que vous retourniez en Italie. Que tu dises au revoir à tout le monde de ma part. Que tu manges une dernière glace au citron pour moi. Promis ? » Et il finirait par dire : « Je t'aime. »

Mais pas moyen de prononcer le moindre mot.

J'aurais l'impression de briser un pacte. Le sentiment de tous les trahir. Mon père, ma mère, mes frères. Et même si j'avais eu le courage de l'interroger, il aurait probablement botté en touche, m'aurait répondu « couci-couça » sur un ton anodin.

Pourquoi un tel entêtement ? De quoi a-t-il peur ? De ne pas être à la hauteur ? D'influencer le destin ? De faire une crise de panique ? De se mettre à hurler comme son père ? Que se passe-t-il dans la tête de cet homme ? Est-il possible qu'il y croie encore ? Seule certitude : il n'est pas prêt. Ni à parler ni à mourir.

Le frère de mon père, une décennie plus tard, sera encore plus radical. Il cachera son cancer à son entourage jusqu'à quelques semaines avant sa mort. Pourtant, en tant que médecin, il aurait dû savoir que reconnaître la maladie augmente significativement les chances de guérison. Pour vaincre un ennemi, il faut l'identifier comme tel.

Je sens la main de mon père se poser sur la mienne. Un geste simple, rare, par lequel il signifie qu'il est fatigué.

Il me sourit légèrement, puis s'assoupit.

Je l'observe. Il ressemble à un petit garçon. Ses traits sont doux, sa peau lisse.

Malgré la fatigue, il continue de se raser tous les matins machinalement en promenant son rasoir électrique sur ses joues creuses pendant de longues minutes. Même si plus personne ne lui rend visite, hors de question de se laisser aller, ce serait capituler.

Sa respiration est régulière. Un rictus apparaît au coin de sa bouche.

Quelle pensée vient de lui traverser l'esprit ?

À quoi rêve-t-il ?

À des lieux désormais inaccessibles ?
À la piste de danse d'un club de salsa new-yorkais ?
À un stade de foot, un soir de match ?
À la terrasse d'un restaurant de bord de mer ?
À une colline de Toscane ?
À l'eau tiède de la Méditerranée ?
À une plage ? N'importe laquelle. Il les aime toutes.
Au corps de ma mère ? Depuis combien de temps n'ont-ils pas fait l'amour ?
Ou pense-t-il à la mort ?

Je m'endors à ses côtés.
Je rêve. Moi aussi.
À une maison dans le Sud.
Celle de mon grand-père.
La chaleur est accablante.
Le chant des cigales strident.
Mes pieds nus sur une terrasse en graviers.
Un sentier mène à une cerisaie.
À l'entrée du chemin, un tas de pierres.
Des cailloux massifs en forme de pyramide.
Un monticule de plusieurs mètres de haut.
Sous les pierres : un feu.
Une fournaise gigantesque.
Des formes sombres s'agitent dans les flammes.
Des corps.
Un brasier de chairs humaines.
Pas d'odeur.

Seule une vibration. Insoutenable.

Un bruit assourdissant qui me transperce le crâne.

C'est le cauchemar récurrent de mon enfance. Celui que je faisais lorsque la fièvre montait trop haut. À chaque fois, les cadavres calcinés réapparaissaient. Une éternité que ces images n'étaient pas revenues me hanter.

Je me réveille la tête lourde.

Mon père n'a pas bougé. Il respire toujours.

## La décision

— C'est la fin.

Le médecin est formel.

— Il n'y a plus de ressource thérapeutique. Dans les jours qui viennent, son corps va se dégrader rapidement. Il va souffrir de plus en plus. Les dernières vingt-quatre heures risquent d'être très éprouvantes. Pour lui, bien sûr. Mais pour vous aussi.

— Combien de temps ?

— Une semaine. Pas plus.

Ma mère est furieuse.

— Je sais qu'il va mourir, mais pas si vite, ce n'est pas possible.

Elle s'emporte. Elle oppose l'expérience de sa plus jeune sœur dont elle a réussi à prolonger la vie grâce à son intervention de dernière minute. Il doit forcément y avoir un moyen. Je pense à mon amie new-yorkaise, à François Mitterrand, tous ces gens donnés pour morts qui ont survécu plusieurs années.

— Là, il n'y a malheureusement pas de doute, insiste le médecin.

Bien sûr. Ma mère sait. Elle a vu son mari dépérir jour après jour, mais, comme nous tous, elle n'a pu s'empêcher de garder espoir.

Maintenant, c'est fini.

— Quand est-ce qu'il va commencer à vraiment souffrir ? demande-t-elle.

— Bientôt.

*

Nous profitons de l'arrivée de l'infirmière qui vient prodiguer les soins quotidiens de mon père pour sortir déjeuner avec ma mère et mes deux frères. Passé la porte de l'immeuble, le plus jeune éclate en sanglots une nouvelle fois. Mon autre frère le prend sous son bras. J'attrape celui de ma mère.

Nous marchons sur l'avenue, sonnés. Nous nous attablons à la terrasse du café le plus proche. Nous commandons des croque-monsieur. Croque-mort. Un long silence s'installe. Nous échangeons des regards perdus. Aucun mot pour traduire notre douleur. Alors nous nous taisons. Ma mère boit quelques gorgées de bière, puis rompt le silence.

— Je refuse qu'il souffre.

Nous acquiesçons. Nous devons faire le nécessaire, avant qu'il ne soit trop tard. Nous ne savons pas encore comment, mais il ya forcément une solution. Nous sommes au XXI$^{e}$ siècle. Depuis l'époque de la mort de mes tantes, la science a progressé. Il doit maintenant y avoir des moyens de permettre aux malades en fin de vie de partir sereinement. Nous sommes confiants car ignorants. Nous ignorons que beaucoup de gens meurent encore aujourd'hui dans des conditions terribles. Que malgré de nouvelles lois censées permettre la sédation, vingt-six départements français ne sont pas équipés en soins palliatifs. Que seulement un cinquième des personnes qui le réclament ont accès à ces soins. Que la complexité administrative et le manque de moyens font que la grande majorité des Français ne reçoivent pas d'accompagnement digne de ce nom. Que, même si les médecins ont l'obligation de soulager les malades, beaucoup se limitent au protocole et refusent d'aller plus loin. Que le seul moyen de mourir sereinement chez soi est d'avoir recours à ce qu'on appelle l'« euthanasie clandestine ». Que la plupart des gens meurent au sein d'établissements inadaptés dans une grande détresse. Pendant des siècles, on mourait chez soi ; cela ne posait de problème à personne. Aujourd'hui, ceux qui font ce choix sont ostracisés. Ils doivent se débrouiller seuls. Comme à l'époque des avortements clandestins.

Nous ne savons pas non plus que la pratique qui consiste à abréger la vie de quelqu'un, même avec les meilleures intentions, même de quelques heures, est considérée comme un meurtre.

Nous pensons innocemment que ce que nous nous apprêtons à faire tombe sous le sens : permettre à un être aimé de ne pas souffrir.

— En revanche, pas un mot à votre père, ajoute ma mère. Il ne faut surtout pas qu'il sache, ça le tuerait.

Je pense : bien sûr, épargnons-le.

— C'est quand même compliqué de décider d'abréger la vie de papa sans lui en parler, non ? objecte mon plus jeune frère.

Ma mère se tourne vers lui, étonnée. Étant donné l'attitude de notre père depuis le début de sa maladie, son obstination à éviter le sujet et sa hantise de faire face à la réalité, cette décision semble une évidence. Ce n'est visiblement pas le cas.

— Votre père m'a parlé, finit par lâcher ma mère.

Nous la dévisageons, interloqués.

Elle nous raconte alors comment, plusieurs années auparavant, après avoir assisté à l'agonie d'une de mes tantes qui a fini par mourir étouffée, mon père s'est confié à elle.

— Il m'a dit : « Je ne veux jamais vivre ça. Si un jour je me retrouve dans cette situation, je compte sur toi pour faire le nécessaire. Par contre, je ne veux plus jamais en entendre parler. »

# II

## La requête

Vendredi 15 septembre au matin, ma mère appelle notre médecin de famille.

— Nous avons besoin de toi. On voudrait que tu l'aides à partir en douceur avant qu'il ne souffre trop.

— Je n'ai pas le droit de faire ça.

— J'ai vu mes sœurs agoniser pour rien. Je ne veux pas que ça recommence. Je t'en supplie, aide-nous.

Le médecin marque un temps.

— Même si j'acceptais, je n'ai pas le produit nécessaire.

— De quoi tu as besoin ?

— Il me faudrait du midazolam. C'est le produit qu'on utilise pour les anesthésies générales. J'en ai un peu au cabinet, mais pas assez pour ce que vous me demandez. Le problème, c'est qu'on ne peut se le procurer qu'à l'hôpital, ce qui n'est pas…

J'interviens.

— Je m'en occupe.

*

J'appelle mon beau-père, anesthésiste, professeur de médecine, chef des urgences d'un hôpital parisien.

— C'est compliqué ce que tu me demandes.

— Nous n'avons personne d'autre à qui nous adresser.

— Vous êtes sûrs de ce que vous faites ?

— Certains.

Il réfléchit.

— Bon d'accord, je vais vous aider. En revanche, je ne peux pas te donner ça au sein de l'hôpital, c'est trop risqué.

Rendez-vous est pris le lendemain matin sur le parvis de Notre-Dame.

*

Il me faudra plusieurs années pour m'interroger sur la gravité de ce choix. Peut-on aider à mourir quelqu'un qui n'est pas prêt ? Peut-on, sous prétexte de le protéger de ses propres angoisses, prendre une telle décision à sa place ? Même si je sais que certains sont opposés à cette idée, qu'ils estiment qu'on ne peut se substituer à la nature, à la volonté de Dieu ou simplement qu'on doit respecter la loi, je suis convaincu, encore aujourd'hui, que nous avons fait le bon choix. Bien sûr, nous aurions préféré pouvoir en discuter avec lui, décider ensemble, connaître ses dernières volontés. Mais nous avons estimé que c'était impossible. Ma mère avait vécu cinquante ans à ses côtés. Elle comprenait ses silences, ses regards, ses gestes. Elle savait ce qui convenait à notre père mieux que quiconque. Il s'était confié à elle.

*

Plus tard dans la journée, je croise la sœur de mon père dans le couloir, un CD à la main.

— Ton père écoutait cette chanson de Barbara hier à la radio. Il avait l'air ému. Je suis passée lui acheter l'album ce matin.

Lorsque ma tante écoute ce morceau aujourd'hui, elle pleure, à chaque fois.

*Quand ceux que nous avons aimés*
*Vont fermer leurs paupières,*
*Si rien ne leur est épargné,*
*Oh, que du moins soit exaucée*
*Leur dernière prière :*
*Qu'ils dorment, s'endorment*
*Tranquilles, tranquilles.*

Mon père se rendait forcément compte. Il ne pouvait ignorer le sens de ces mots. Son émotion venait de ces paroles sans équivoque. Étions-nous tous en train de jouer une comédie auquel cet homme, celui qui avait instauré la règle du jeu, ne croyait déjà plus ? La mort se tenait là, face à lui, et il continuait à faire comme si cela ne le concernait pas. « Désolé, aucun Moshé n'habite ici. Vous êtes chez Salomon. »

Ma tante me demande de lui offrir le disque de sa part. Elle se sent un peu fiévreuse. Elle ne veut pas risquer de le contaminer. Elle repassera quand elle ira mieux, dans quelques jours. Je l'entraîne vers la cuisine et lui expose la situation.

Elle s'écroule sur une chaise. Des larmes inondent ses joues. Elle reprend son souffle, me confie sa stupéfaction, elle n'avait pas pris la mesure des choses. Pendant son séjour en Aveyron chez mes parents, cet été, elle avait trouvé son frère très faible, mais elle pensait que le traitement de la rentrée allait le remettre sur pied. Cette vieille habitude familiale de refuser de voir la vérité en face.

Ce qui est en train de se passer est impensable. Depuis toute petite, elle imaginait que son frère vivrait jusqu'à quatre-vingt-dix ans. Peut-être même cent. À l'annonce de sa maladie, elle s'est dit que ce serait peut-être un peu plus court. Mais pas comme ça.

Elle me remercie de lui avoir parlé, de lui dire la vérité, et se plaint du mutisme de son frère.

— C'est le problème des familles silencieuses, ajoute-t-elle.

Je lui fais part de notre volonté de ne pas laisser souffrir notre père. Nous allons l'aider à partir. Elle me dévisage, terrifiée, puis recommence à pleurer.

Quelques années plus tard, elle m'avouera qu'elle n'était pas d'accord.

— Pour moi, tant qu'il y a un souffle de vie, il y a la vie. Tant que la personne est là, on ne sait pas ce qui se passe dans l'âme. Tant qu'elle est là, elle existe…

Elle m'a aussi parlé de la mort de sa mère.

Ma grand-mère, atteinte d'une dégénérescence du cerveau, sorte d'Alzheimer qu'on ne nommait pas à l'époque, avait passé les dernières semaines de sa vie chez elle. Ma tante dormait toutes les nuits à ses côtés. Mon père et mon oncle ne lui rendaient pas visite : toujours dans le déni. Lorsque ma tante a senti la fin proche, elle a demandé à ses frères de venir voir leur mère, une dernière fois. Mon oncle a refusé, « cela ne sert à rien, a-t-il dit, elle ne s'en souviendra pas ». Mon père, lui, a fini par se déplacer. Il a découvert, horrifié, le corps squelettique et le visage émacié de sa mère. Il est reparti aussitôt. En sortant de l'appartement, il a tancé sa sœur : « Tu ne me refais plus jamais ça, compris. »

Quelques jours avant sa mort, alors qu'elle se trouvait dans un semi-coma, ma grand-mère a pris la main de sa fille et lui a dit : « Tu n'es pas enceinte. » Ma tante, qui n'arrivait pas à avoir d'enfant, venait de recourir à une fécondation in vitro, sans en parler à personne.

— Tu vois, même lorsqu'on croit que tout est fini, il se passe encore des choses... Je ne vous en veux pas, mais j'ai le sentiment que vous m'avez privée de deux ou trois jours supplémentaires avec mon frère.

*

Je pars dîner seul avec ma mère au restaurant pendant que mes frères restent à la maison avec notre père.

Nous établissons une liste des priorités :

• récupérer le produit.

• se mettre d'accord avec le médecin sur le moment de « l'intervention ».

• convoquer la famille.

Nous avançons à tâtons, obligés d'improviser. Cette situation est insupportable. Pourquoi devons-nous en passer par là ? Pourquoi notre société nous permet-elle de choisir notre vie mais pas notre mort ? Pourquoi nous protège-t-elle tout au long de notre existence, nous oblige-t-elle à porter un casque à moto, à mettre notre ceinture en voiture, à nous vacciner contre les maladies graves, mais nous abandonne-t-elle au moment de mourir ?

Nous sommes désemparés, mais à aucun moment nous ne remettons en question notre décision. Avons-nous peur de changer d'avis ? Peur de ne plus avoir le courage ? Ou est-ce à ce point une évidence ? Quelle alternative ? La vie coûte que coûte ? Pour quoi faire ? Pour qui ? Pour lui ? Pour qu'il croupisse dans son lit avec comme seule perspective la déchéance ? Pour nous ? Pour profiter du mourant quelques heures, quelques jours de plus ? Profiter ? Ou subir ? Abîmer définitivement la dernière image que nous aurons de lui ? Le ramener à l'hôpital ? Pour que sa mise à mort soit enveloppée dans quelque chose de plus nébuleux ? La sédation terminale, ils appellent ça. À domicile, c'est un meurtre. À l'hôpital, c'est de l'accompagnement. Ma mère a été claire : il restera à la maison.

— Je ne veux pas que ce soit un interne qui prenne cette décision à ma place.

Il fait doux. Nous sommes installés en terrasse. Ma mère n'a pas faim, moi, je compense. J'ai l'habitude de manger et de boire pour faire face au stress. Ce soir, une terrine de campagne, un chateaubriand au poivre, des frites et une bouteille de mercurey. Ma mère ne touche pas à son assiette.

— C'est peut-être le bon moment.

Ça m'a échappé.

— Le bon moment pour quoi ? m'interroge-t-elle.

— Le bon moment pour lui. Pour partir. Papa a toujours détesté vieillir, il n'a jamais supporté de perdre ses cheveux, perdre au tennis, être diminué physiquement. Il devient de plus en plus aigri, dur même parfois. Avec toi. Avec les enfants aussi. Il est impatient, ne tolère plus la moindre contrariété.

Ma mère me dévisage, perdue.

— Peut-être, souffle-t-elle du bout des lèvres.

Les années que mon père vient de traverser ont été douloureuses. À la suite de la vente de leur marque de vêtements pour enfants, il a sombré dans une dépression. Lui qui ne croyait ni en la psychiatrie ni en la psychanalyse – il avait coutume de dire quand on lui parlait de quelqu'un de dépressif : « Il n'a qu'à faire un effort » – s'est effondré. Il a continué à résister à l'idée de consulter un spécialiste mais a accepté quelques cachets. Malgré cela, il n'a jamais complètement retrouvé sa joie de vivre.

Ma mère se sert un verre de vin.

— Il y a quelques semaines, nous nous sommes disputés très fort, dit-elle. On était en voiture sur les quais, il est sorti et m'a laissée en plan. Ça klaxonnait de partout. J'ai paniqué, je ne savais pas quoi faire. Je pensais qu'il reviendrait mais non, il a disparu. J'aimerais être une sainte, accepter de me faire maltraiter, mais je n'y arrive pas.

Avant l'été, nous avions passé un week-end à la campagne. En famille. Mon père avait été extrêmement dur avec ma mère. En rentrant à Paris, je lui avais écrit.

*Papa,*

*Je ne pensais jamais avoir à t'envoyer ce genre de lettre mais les deux jours que nous venons de passer ensemble ont été si éprouvants que j'ai eu besoin de t'écrire.*

*Je comprends que la maladie t'épuise, que ton état de fatigue te tape sur les nerfs. Et la présence de sept enfants dans la maison pendant tout un week-end n'arrange rien. Que tu t'impatientes, que tu les rembarres ne me choque pas. Ils ne sont pas en sucre. Ils savent que tu les adores. En revanche, je trouve extrêmement injuste ton comportement avec maman. Cela fait des mois qu'elle s'occupe de toi sans jamais rien demander en retour. Elle veille sur toi. Elle se plie à tes quatre volontés. Et à la moindre contrariété, tu lui parles comme à un chien. Je pèse mes mots.*

*Je sais que tu l'aimes profondément, que tu lui es reconnaissant d'être à tes côtés pour lutter contre cette saleté de maladie, alors je t'en supplie, ne sois pas injuste. C'est trop violent. Pour elle bien sûr, mais pour nous aussi. Il est insupportable de te voir la traiter de la sorte. Ça ne te ressemble pas.*

*La prochaine fois, que tu es en colère, que tu perds patience, s'il te plaît, pense à cette lettre et épargne-la. Elle a encore besoin de beaucoup de force et d'amour pour te soutenir dans ce combat que vous allez gagner ensemble.*

*Nous aussi nous sommes là.*

*Je t'embrasse fort.*

*B.*

Il m'avait simplement répondu : « Je suis désolé. »

La nuit est tombée. Je conclus le dîner par une crêpe Suzette flambée au Grand Marnier.

— Il a eu une vie magnifique, conclut ma mère.

C'est vrai. Mon père a vécu pleinement. Il peut s'en aller en paix, sans regret.

Lorsque, quelques jours plus tard, j'essaie de défendre auprès de mon plus jeune frère l'idée que la mort de notre père est peut-être une chance, que cela lui évitera de « vieillir mal », il réagit violemment.

— Comment peux-tu dire une connerie pareille ? Papa devait vivre encore au moins dix ans, pourquoi pas vingt.

Il veut dire : papa ne devrait jamais mourir.

Quand nous en reparlons aujourd'hui, il dit : « Moi, j'étais d'accord avec cette décision. Mais c'est maman et toi qui avez tout pris en charge. Tu as assumé ton rôle d'aîné. »

Mon autre frère, lui, n'a que peu de souvenirs de cette période. Il s'est appliqué à effacer cet épisode de sa mémoire. C'est son fonctionnement. Il se débarrasse de ce qui parasite son bonheur. Le matin, quand il se réveille, il s'interroge sur ce qui va pouvoir le rendre heureux. Cette culture du plaisir, nous l'avons reçue en héritage. Mon père appelait ça le kif. Le kif était le pilier de nos vies. La seule chose qu'il garde en mémoire, c'est qu'il ne s'est pas opposé à l'idée d'aider notre père à partir mais lui non plus ne s'est occupé de rien. « J'avais le sentiment qu'on était hors des clous et cela me plaisait plutôt bien », dit-il. Je lui rappelle, paraphrasant Jean-Luc Godard, que c'est la marge qui fait tenir les pages entre elles. Ça le fait sourire.

À cette époque, je ne me doute pas que, des années plus tard, le cinéaste aura recours au suicide assisté à l'âge de 91 ans dans sa maison en Suisse.

Il n'était pas malade, simplement fatigué, et a choisi sa mort en toute liberté.

Pour ma part, je n'ai pas hésité. J'avais vu mes tantes mourir, des amis de mes parents aussi, entendu trop d'histoires de fin de vie douloureuses et j'avais l'intime conviction que nous faisions ce qui était le mieux pour notre père. Je suis fier de ce que nous avons accompli. Même si fier n'est probablement pas le mot approprié. Récemment, j'ai lu un texte du professeur Léon Schwartzenberg dans lequel il raconte comment il a aidé plusieurs malades à mourir. Quelqu'un lui pose la question : « Êtes-vous fier de vous ? », ce à quoi il répond : « Non, je ne suis pas fier, mais si je ne l'avais pas fait, j'aurais honte de moi. » Je pense qu'aujourd'hui, beaucoup de gens, principalement des hommes et des femmes politiques, devraient partager cette honte.

Depuis, je me suis interrogé sur ma propre mort. Moi non plus, je ne veux pas souffrir. Personne ne veut souffrir. J'en ai parlé à mon entourage : surtout pas d'acharnement thérapeutique. J'ai adhéré à l'Association pour le droit de mourir dans la dignité, je me suis renseigné sur les options d'euthanasie légales, illégales également, sur les cocktails médicamenteux disponibles. Je suis prêt. Enfin, je pensais être prêt. Mais une récente discussion avec mon beau-père médecin a ébranlé mes certitudes. Atteint de la maladie de Parkinson depuis plusieurs années, il a longtemps affirmé que dès qu'il ne parviendrait plus à marcher ou à voir, il ferait le nécessaire. Pour lui, en tant qu'anesthésiste, c'est une formalité. Mais aujourd'hui, alors qu'il se déplace en fauteuil roulant, qu'il est quasiment aveugle, il a changé d'avis. « J'irai jusqu'au bout », m'a-t-il dit. Que cet homme, qui, au long de sa carrière, a côtoyé de si près la mort, a été le témoin de tellement de souffrance, s'accroche à ce point à la vie m'a perturbé. Et si moi aussi, le moment venu, je connaissais ce même sursaut. J'ai du mal à y croire aujourd'hui. Mais je suis moins catégorique. Comment savoir ce qui se passe dans la tête de quelqu'un qui sent que sa vie va s'arrêter avant de l'avoir expérimenté soi-même ?

*

Je retrouve mon beau-père sur le parvis de la cathédrale. Il me glisse discrètement une petite fiole dans la poche de ma veste.

— Surtout tu ne le dis à personne. Je risque gros. Je pourrais être radié du conseil de l'Ordre des médecins pour un truc pareil.

J'acquiesce.

— Il y a quelques semaines, lorsque je suis passé voir ton père, ajoute-t-il, il m'a confié son désir d'en finir avant que ça ne devienne trop pénible. Il était tétanisé à l'idée de souffrir.

Je ne crois pas que ce soit vrai. Mon beau-père essaie de me déculpabiliser, je lui en suis reconnaissant. Mais mon père aurait été incapable de parler aussi frontalement de la mort, qui plus est de la sienne. Il l'a fait une seule fois du bout des lèvres avec ma mère et n'y a plus jamais fait allusion. Il était muré dans son silence mais exprimait ses sentiments autrement. Un après-midi, ma femme s'était retrouvée assise sur son lit à regarder un match de tennis, il n'y avait pas de foot ce jour-là, mon père lui a pris la main longtemps, il l'a serrée très fort, sans un mot. Elle a eu l'impression que, si elle n'avait pas fini par la retirer, il ne l'aurait jamais lâchée. C'était sa manière à lui de lui dire qu'il l'aimait. À ma connaissance, il n'a jamais été plus expressif que ça.

Avant que l'on ne se quitte, mon beau-père me glisse à l'oreille :

— C'est bien ce que vous faites.

Je reprends la direction de chez mes parents à pied. Les minutes qui me séparent de la maison sont interminables. J'avance, comme un zombie, les mains dans les poches. À gauche, mon téléphone et mes clefs. À droite, le produit qui va tuer mon père.

## Le passage à l'acte

Café dans la cuisine. Le médecin est assis entre ma mère et moi. Il vient d'examiner mon père. Il confirme ce que nous savons déjà, son état empire, à grande vitesse.

— Quand souhaitez-vous que j'intervienne ? demande-t-il.

Ma mère soupire.

Le temps de réunir le cercle proche. Les frères, les belles-sœurs, notre tante, notre oncle. Épargnons les enfants.

— Demain vers 21 heures ?

*

Dernière nuit. Elle sait. Lui pas.

Elle l'observe dans son sommeil. Scrute son corps cadavérique. De son visage doux, de ses bras musclés, de sa silhouette bonhomme, de son regard gourmand, il ne reste presque plus rien.

Plus elle le regarde, plus mon cœur se serre. Elle a envie de le caresser. De le serrer contre elle. Elle ne supporte plus de le voir diminué. De le voir dépérir. De le voir mourir.

Mon père ouvre doucement les yeux. Il surprend son regard.

— Ça va ? souffle-t-il.

— Oui, oui, mon chéri. Rendors-toi.

*

Dernier petit déjeuner. Une tasse de thé. Un citron pressé. Elle sait. Lui pas.

*

Dernier déjeuner. Une tasse de bouillon de légumes. Quelques fruits cuits. Nous savons. Lui pas.

Mon père ingurgite sa compote avec difficulté. Il a de plus en plus de mal à déglutir. Chaque bouchée est devenue une épreuve. Plusieurs jours qu'il n'a plus de perfusion. Il n'arrive à se nourrir que de pommes et de poires légèrement citronnées. Ce sont les zestes qu'il apprécie le plus. Il les suçote de longues minutes avant de les croquer.

Il nous sourit.

Ne pas craquer. Ne pas pleurer. Surtout pas. Pas si près du but.

*

Le médecin arrive à la maison en début d'après-midi.

— Tu es prête ? demande-t-il à ma mère.

Elle reste sans voix. Incapable de répondre à une telle question. Elle me fait penser à un personnage du film de Krzysztof Kieslowski, *Tu ne tueras point.* Un avocat qui défend un meurtrier. Le jeune type est condamné à mort. Il lui rend visite une dernière fois en prison. L'exécution est prévue à l'issue de leur entretien qu'il fait durer le plus longtemps possible malgré les remontrances des gardiens. Le directeur du pénitencier finit par se déplacer pour lui demander quand il pense être prêt. L'avocat lui répond : « Jamais. » Les gardiens font alors irruption dans la cellule et emportent sans ménagement le prisonnier à la potence.

Le médecin nous explique qu'il va perfuser mon père afin de lui injecter le produit progressivement. La morphine et du Valium l'endormiront doucement. Puis il entrera dans un état de coma thérapeutique. À ce moment-là, il ajoutera le midazolam qui arrêtera le cœur en douceur. Le tout durera environ six heures.

— Qu'est-ce que tu vas lui dire ? demande ma mère.

— Un semi-mensonge. Ça me gêne un peu de ne pas lui dire la vérité, mais quand le patient ne veut pas savoir, je respecte sa volonté.

Vers quinze heures, il nous demande si nous voulons monter avec lui. Ma mère ne préfère pas. Je l'accompagne.

Nous entrons dans la chambre. Mon père somnole. Je m'assois de l'autre côté du lit.

Le médecin essaie de le redresser. Il le saisit sous les aisselles. Mon père l'encercle de ses bras décharnés. Il les passe autour de son cou mais manque de force et relâche aussitôt. Ses muscles ne répondent plus. Le médecin me demande de l'aide. Face à cette situation humiliante, mon père se contente de hocher les épaules. Bouleversé, je retourne de l'autre côté du lit. J'attrape un magazine. Je le feuillette nerveusement. Je tombe sur des photos de l'anniversaire des attentats du 11-Septembre. Neuf ans déjà. Deux mille neuf cent soixante-dix-sept morts. Un chiffre abstrait. Là, je suis face à la réalité. Un homme va bientôt mourir. Et c'est mon père.

D'un léger signe de la tête, le médecin me fait comprendre que c'est maintenant.

Il s'approche du malade qui redresse la tête.

— Comment ça va cet après-midi ?

— Couci-couça.

— Je vais te réinstaller la perfusion.

— Ah bon, pourquoi ?

Papa jette un regard perdu dans ma direction. Je lui fais un clin d'œil.

— Pour te réhydrater, le rassure le médecin. On va te redonner des forces.

Mon père sourit.

— Formidable, dit-il.

Pense-t-il réellement que ce qui est train de se passer est « formidable » ? Pense-t-il que cette perfusion va le remettre sur pied ? Qu'elle va lui permettre de reprendre son traitement, de se soigner, de vivre ? Je ne le saurai jamais. En revanche, il n'imagine sûrement pas que c'est sa dernière parole. Que quelques secondes plus tard, il s'endormira pour ne plus jamais se réveiller.

À ce moment précis, je ne sais pas comment vont se dérouler les prochaines heures. Je ne sais pas comment va mourir mon père. Mais je sens que ce dernier mot est une bénédiction. Il nous dit : « Ma vie a été formidable. » Il nous remercie : « Ce que vous faites pour moi est formidable. » Il nous encourage : « Je compte sur vous pour que la suite soit aussi formidable que ce que nous venons de vivre ensemble. » Ou peut-être est-il conscient que c'est la fin ? Qu'il nous dit : « C'est formidable de finir comme ça. »

## Formidable

Comme si ce mot avait été le leitmotiv de son existence. Comme si toutes les valeurs qu'il nous a inculquées, toute l'énergie qu'il nous a transmise, toute sa joie de vivre, tout son optimisme, malgré son angoisse, sa gentillesse, sa douceur, son humour, pouvaient se résumer en une seule expression.

Formidable, c'est lui tout entier.

## La mort

Samedi soir.

La famille est réunie.

Ma mère et moi.

Mes deux frères accompagnés de leurs femmes.

La sœur de mon père.

Mon oncle est absent. Il a préféré ne pas venir.

Ma femme aussi manque à l'appel. Bloquée dans les embouteillages. Assise à l'arrière d'un taxi, elle sanglote, s'excuse auprès du chauffeur.

— Je suis en train de perdre quelqu'un.

Nous l'attendons recroquevillés sur les canapés autour de la table basse du salon, comme dans un film américain. Sept spectateurs d'une condamnation capitale, immobiles derrière une vitre.

Personne ne parle.

Ce silence est si inhabituel. Même dans les moments les plus graves, nous avons toujours trouvé le moyen de plaisanter. L'humour comme force de résistance en toutes circonstances. Ce soir, nous en sommes incapables.

Mon frère débouche une bouteille de vin. Les autres boivent peu. Moi, j'enchaîne les verres.

*

Que se passe-t-il là-haut ?

Ma mère est montée dix minutes plus tôt. Assis à côté du lit, le médecin surveillait l'évolution de l'état de mon père. Il respirait encore mais ne bougeait plus.

*

Une demi-heure plus tard, le médecin entre dans la pièce. Il me demande de l'accompagner. Pourquoi moi ? Pourquoi seulement moi ? Parce que je suis l'aîné ? Le complice ? Le dealer ?

Je me lève, je le suis. Nous montons les vingt et une marches qui mènent à l'étage.

Il s'immobilise devant la porte de la chambre et me parle. Il me dit qu'il va tenir sa promesse. Il va aller au bout, faire le nécessaire et ensuite il s'en ira. Il ne peut pas signer l'acte de décès. C'est trop risqué. Il me propose, une fois que ce sera terminé, d'appeler un autre médecin pour venir constater la mort de mon père.

— Tu connais un généraliste dans le quartier ?

— Oui. Il nous est arrivé de te faire des infidélités.

Il sourit.

— C'est lui qu'il faudra appeler.

Nous pénétrons dans la chambre.

Mon père est allongé dans une semi-pénombre.

— Il est vivant ?

— Oui, répond sobrement le médecin.

Je laisse échapper un soupir de soulagement.

— Plus pour longtemps, ajoute-t-il.

J'observe le torse de mon père qui monte, qui descend, lentement. Je m'approche.

Son visage est pâle, paisible. Ses traits creusés, sa bouche entrouverte. Cette bouche qui ne rira plus. Sa respiration est régulière. Aucune trace de souffrance.

Comment imaginer que dans quelques minutes il ne sera plus « de ce monde » ? Là et déjà plus là.

Je m'efforce de ne pas me laisser submerger. Pourtant, je pourrais enfin relâcher ma vigilance. Plus aucun risque de l'inquiéter. Mais je ne pleure pas. Je pleurerai plus tard, beaucoup plus tard. À ce moment-là, je suis coupé de mes émotions. Je me barricade, je m'interdis de craquer. Il faudra attendre la mort de mon chat, deux ans après celle de mon père, pour que je m'effondre. Je me revois errant dans mon appartement, incapable de m'arrêter de sangloter sans comprendre ce qui m'arrivait.

— Ça va être maintenant, me chuchote le docteur.

Mon père respire, faiblement mais régulièrement. Trois fois. Soudain, il prend une inspiration plus profonde suivie d'une longue expiration. Un râle sonore. Son dernier souffle. Une grande tristesse m'envahit, accompagnée d'un soulagement absolu.

Je suis sidéré. Je ne peux le quitter des yeux. Je m'accroche à cet instant. Tellement de gens regrettent la dernière image qu'ils ont de leurs proches. Moi, je me souviendrai de cette douceur.

*

Ce père que j'aimais tant.

*

La mort est une chose abstraite. On vous annonce le décès de quelqu'un. Hier il était vivant. Aujourd'hui, il est mort.

Avant, la vie. Après, la mort.

Avant quoi ? Après quoi ?

Maintenant, je sais.

C'est ma première fois.

J'ai été profondément marqué par la disparition d'autres membres de ma famille, d'amis proches, mais c'est la première fois que j'assiste à la mort en direct, que je ressens un tel vide, comme une aspiration au niveau du plexus. J'ai vu des acteurs mourir au cinéma. J'ai lu des récits, des romans, qui décrivaient cette seconde où tout bascule. J'imaginais quelque chose de violent. Ça devait être forcément éprouvant de voir mourir quelqu'un. Surtout son père.

Au contraire, il se dégage de cet instant une grande sérénité.

Le médecin savait. Il savait l'importance de cette image. Il savait qu'elle resterait à jamais gravée dans ma mémoire. Que la douceur de ce moment panserait toutes les plaies. Que ce voyage que nous venions de faire ensemble, la force qu'il nous avait fallu pour prendre cette décision, pour aller au bout de notre projet, nécessitait un dénouement fort, apaisant. Une libération. Il m'a offert ce cadeau.

*

Plusieurs minutes ont passé, je n'ai pas bougé, je suis toujours au bord du lit, à côté du corps de mon père mort. Une pensée me traverse l'esprit : il va falloir que j'apprenne maintenant à vivre orphelin. Toute ma vie j'ai connu mon père vivant. Je n'entends déjà plus sa voix. Je me rends compte que ce qui me terrifie le plus dans ce qui vient d'advenir n'est pas la perte de l'avenir mais la perte du passé.

De notre passé. Je viens de perdre un pan entier de mon histoire.

Il est encore là, pendant quelques minutes. Quelques heures peut-être. Mais bientôt, il disparaîtra. Et petit à petit, comme ce fut le cas pour les autres, son visage, sa voix, son rire ne seront plus qu'un vague souvenir.

*

C'est à moi d'annoncer la mort du père. Messager du malheur, je m'engage dans l'escalier. M'immobilise à mi-chemin. Pendant quelques secondes encore, ma mère, mes frères, ma femme, ma tante et mes belles-sœurs se trouvent dans les limbes du monde d'avant. Un monde dans lequel il est encore vivant.

En descendant les dernières marches, j'aperçois la famille à travers la porte entrouverte du salon. Ma mère sent ma présence. Elle tourne la tête. Je lui fais signe de me rejoindre.

C'est la première à entrer dans la chambre. Elle marque un temps en découvrant le corps inerte de son amoureux, la gueule ouverte.

Elle s'approche doucement. Elle lui caresse le visage. Elle essaie de refermer la bouche, mais la mâchoire retombe.

— Il aurait eu horreur qu'on le voie comme ça.

Ma mère disparaît dans la salle de bains. Elle réapparaît, un foulard à la main. Elle soulève le menton, passe le tissu autour de la tête et fait un nœud au sommet du crâne. Un œuf de Pâques.

Même mort elle le veut beau.

Maintenant que mon père est « présentable », les autres s'approchent du lit. Mon plus jeune frère, en sanglots, tient sa femme dans ses bras. Bouleversé, il reste en retrait. Mon autre frère, mutique, caresse furtivement la main de mon père et sort de la pièce.

C'est à mon tour. Je reste immobile.

Ce n'est plus lui. Pourtant, c'est encore lui.

Je m'imprègne une dernière fois de son visage. J'enregistre. Au maximum. J'observe ce corps qui contient une vie entière. Cet homme bientôt réduit en cendres. Ça non plus il ne l'avait pas prévu. Jamais il n'aurait pu aborder ce genre de détail pratique. Comme pour le reste, nous avons décidé pour lui. Ma mère a prévu d'enterrer son urne dans leur jardin à la campagne. Au pied d'un arbre autour duquel grimpe un rosier.

Je redescends dans le salon rejoindre le reste de la famille. Le médecin serre ma mère dans ses bras puis prend congé. Je le rattrape dans le couloir.

— Je voulais te remercier. Grâce à toi, l'insoutenable a été presque supportable.

Il m'avoue que c'est la seule fois qu'il a aidé à mourir quelqu'un qui n'avait pas exprimé clairement son intention. Mais il dit que si c'était à refaire, il le referait. Il savait exactement à quel stade était mon père. Ça lui paraissait juste de lui éviter de souffrir. Aussi bien physiquement que psychologiquement. Il trouve respectable que mon père ne veuille rien savoir. Partir en souffrant ou dans le délabrement physique, ce n'est pas juste, dit-il. Il reconnaît que nous avons abrégé sa fin de vie. Mais de quoi ? Une semaine ? Maximum. Il était grabataire. Il avait perdu son autonomie. Il ne s'alimentait quasiment plus. Il buvait à peine. En tant que médecin, il pense que bien accompagner la fin de vie, c'est comme bien accompagner la vie. Bien mourir, c'est aussi important que bien vivre. Il m'apprend qu'euthanasie veut dire « bonne mort » en grec.

— Tu peux appeler le généraliste maintenant.

En attendant, il me conseille de fermer les fenêtres de la chambre, d'éteindre la lumière et le chauffage.

— Et prends bien soin de ta mère, dit-il avant de disparaître.

En le regardant sortir de la maison, je pense aux mois qui se sont écoulés depuis l'annonce de la maladie de mon père. Neuf exactement. Neuf mois pour mourir. Une gestation à l'envers.

*

Je retrouve ma mère seule dans la cuisine. Elle me demande de lui raconter comment papa est parti.

— Avec une extrême douceur. Mission accomplie.

Elle me serre dans ses bras.

— La plupart des gens finissent leur vie seuls, dit-elle. Ils agonisent à l'hôpital. D'autres vont en Suisse ou en Belgique. Tu imagines le cauchemar ? Prendre le train en se disant c'est un aller simple pour l'au-delà. Puis finir dans une chambre glaciale, entouré d'inconnus. Lui a eu la chance de ne pas vivre ça. Il a simplement tendu son bras en pensant que nous allions boire un thé ensemble le lendemain matin. Et il s'est endormi. Quelle merveille !

# Après

Dix ans plus tard, nous nous retrouvons avec mes frères et ma mère dans le village italien de nos vacances. C'est la première fois depuis la mort de mon père que nous y retournons. Après sa disparition, ma mère a annoncé qu'elle n'y remettrait plus les pieds. Il aura fallu tout ce temps pour réussir à la convaincre.

Le soir de notre arrivée, nous partons dîner au bord du fleuve. Nous empruntons la route sinueuse qui grimpe dans la montagne avant de plonger vers l'embouchure de la Magra. Je suis au volant, ma mère est assise à mes côtés, mes deux frères à l'arrière. La radio est réglée au maximum. Nous chantons à tue-tête notre best of de la variété italienne.

Nous débouchons, au soleil couchant, sur la petite route qui longe le fleuve. La beauté du lieu, chargé de tant de souvenirs, nous coupe le souffle.

En entrant dans le restaurant, le patron nous accueille chaleureusement. Comme si nous ne nous étions jamais absentés. Une fois à table, sur la terrasse, à égale distance du fleuve et de la mer, un vieux serveur, qui n'a rien oublié, nous apporte la bouteille du vin blanc que nous buvions à l'époque.

— *Dov'è il nonno* ? nous demande-t-il. Où est le grand-père ?

— *Il nonno è morto*, répond mon frère.

Sans lui laisser le temps de nous présenter ses condoléances, nous levons notre verre.

— *Alla salute del nonno* !

Le serveur se sert un fond de vin pour trinquer avec nous.

Nous jetons un rapide coup d'œil au menu. Lui non plus n'a pas changé. Au moment de passer la commande, ma mère est submergée par une bouffée d'émotion. Dans ce lieu où rien n'a bougé depuis une décennie, l'absence de notre père est écrasante.

— Merci les enfants, dit-elle. C'est tellement bon d'être ici avec vous. Votre père m'a offert l'Italie.

Alors que nous entamons une seconde bouteille, je me jette à l'eau.

— J'aimerais écrire un livre sur papa. Sur la manière dont nous l'avons aidé à partir.

Mon plus jeune frère soupire.

— Eh ben, t'y vas fort. T'es sûr que c'est une bonne idée ?

— Je pense que c'est bien de partager notre histoire. J'ai appris récemment que ce que nous avons fait était considéré comme un crime par la loi. Je trouve important de raconter que cet acte d'amour absolu est considéré comme un meurtre dans notre société aujourd'hui.

— Je trouve que c'est une très bonne idée, intervient ma mère.

Mon autre frère se tait.

— Puisque nous sommes réunis ici tous les quatre, je me disais que c'était un bon moment pour en parler.

— Ou pas, dit le plus jeune.

Il se tourne vers ma mère.

— Maman, ça ne te dérange pas qu'on discute de ça ?

— Pas du tout. Au contraire. C'est bien qu'on parle de papa ce soir.

Le serveur arrive à notre table en poussant un chariot en métal sur lequel est dressé un poisson en croûte de sel. Il le prépare sous nos yeux.

Après quelques bouchées, je relance la discussion.

— Quand vous pensez aujourd'hui à papa, qu'est-ce qui vous vient à l'esprit ? Vous avez un souvenir en particulier ?

Mon plus jeune frère, pourtant a priori le plus réticent, prend la parole le premier.

— Rien de particulier puisqu'il est partout. Dans tout. Tout le temps. Quand je bricole. Quand je regarde un match de foot. Dès que je joue au tennis.

Quand je lis *L'Équipe*. Par exemple, dès que j'écoute une nouvelle chanson, la première personne à qui j'ai envie d'en parler, c'est lui.

— Et qu'est-ce que tu retiens de lui ?

— Son rire et sa bonne humeur. Il était flamboyant, papa.

— Et ton souvenir le plus fort ?

— Le dernier concert qu'on est allés voir ensemble. Il était en larmes dès le premier morceau. C'était très impressionnant. Je ne l'avais jamais vu pleurer avant.

— Il était déjà malade ?

— Oui. C'était peu de temps avant son opération.

— Et qu'est-ce que tu as l'impression qu'il t'a transmis ?

— Son angoisse. Tout m'angoisse. J'espère que je ne vais pas faire un cancer comme lui.

— Je te rappelle que son cancer n'est pas génétique, dis-je.

— Ah oui, j'avais oublié. Tu vois comment mon cerveau est fait. J'ai effacé cette bonne nouvelle.

— T'inquiète pas, il y a plein d'autres cancers, plaisante mon autre frère.

Je me tourne vers lui.

— Et toi, quelle était ta relation avec papa ?

— Top.

— Quelle impression tu gardes de lui ?

— C'était un homme bien.

Il se tait.

— C'est tout ce que tu as à dire ?

— Oui.

Taiseux. Comme son père.

J'insiste.

— Tu n'as aucun souvenir de ses derniers jours ?

— Quasiment pas. La seule chose dont je me souviens, c'est que tu l'as tué.

Nous éclatons de rire tous les quatre. Nous pleurons de rire, plus exactement. Ce rire, c'est notre père qui nous l'offre. Soudain, nous sommes cinq autour de la table.

# III

## La requête

Vendredi 15 septembre au matin, ma mère appelle notre médecin de famille.

— Nous avons besoin de toi. On voudrait que tu l'aides à partir en douceur avant qu'il ne souffre trop.

— Je n'ai pas le droit de faire ça.

— J'ai vu mes sœurs agoniser pour rien. Je ne veux pas que ça recommence. Je t'en supplie.

— Je suis désolé mais je ne peux pas. La loi est claire : il faut que le malade souffre de manière insupportable pour qu'on le sédate.

— Pourquoi attendre qu'il souffre puisqu'on sait que c'est la fin ? insiste ma mère.

J'interviens.

— Personne n'en saura rien.

— Je ne peux pas prendre ce risque. Je suis à un an de la retraite. Je ne veux pas finir au tribunal.

Le médecin marque un temps.

— Je vous promets que je ferai le nécessaire pour le soulager au maximum le moment venu. Mais on ne peut pas anticiper.

*

Je donne rendez-vous à mon beau-père dans un café de l'île de la Cité. En tant qu'anesthésiste, il saura nous aider. Je lui expose la situation en lui promettant que ça restera en famille.

— C'est impossible ce que tu me demandes. Je serais immédiatement radié du conseil de l'Ordre des médecins pour un truc pareil.

Il propose qu'on fasse admettre mon père dans le service de cancérologie de son hôpital : il s'assurera qu'il souffre le moins possible. Mais hors de question d'envisager une euthanasie. Car c'est bien de cela qu'il s'agit.

— D'autant plus que ton père a encore toute sa tête et qu'il n'a pas donné son accord, dit-il. Vous allez avoir beaucoup de mal à trouver quelqu'un qui accepte de faire ça. Le risque est trop important.

Il me conseille, comme alternative, de chercher un lit dans un service en soins palliatifs.

Je lui oppose les chiffres glanés sur Internet : 80 % des personnes qui réclament ce type de soins n'y ont pas accès.

— C'est vrai que les places sont rares, mais ça se tente, conclut-il.

Sur le chemin du retour, en marchant sur les quais en direction de chez mes parents, les poches vides, je me dis qu'il est révoltant que l'État continue à refuser le droit à l'euthanasie sans proposer un accès aux soins palliatifs pour tous, que notre société, qui se veut laïque, ne s'est pas complètement débarrassée de l'idée christique d'une souffrance rédemptrice et salutaire.

*

Réunion de crise dans la cuisine. Ma mère a préparé des spaghettis à la sauce tomate. En avalant la première bouchée, je songe que mon père ne savourera plus ce plat qu'il aime tant. Il ne peut plus rien avaler de solide. Supporte de moins en moins le liquide. Les fausses routes, fréquentes, déclenchent de violentes quintes de toux.

Ma mère nous confie qu'elle n'a pas fermé l'œil de la nuit. La respiration de mon père est de plus en plus bruyante. Elle a passé des heures à guetter les variations. Elle a déjà vécu ça, elle connaît la suite.

Je leur fais part de la proposition de mon beau-père. Une hospitalisation préventive. Ma mère refuse catégoriquement. Mon père ne quittera pas la maison. Elle lui en a fait la promesse.

Un de mes frères nous parle d'une amie dont le mari vient de mourir d'un cancer. Elle lui a donné les coordonnées d'une association de soins palliatifs à domicile.

*

Après le déjeuner, mes frères rejoignent mon père dans la chambre. Ils s'installent de chaque côté du lit pour passer en revue une série de photos du Palio de Sienne auquel nous nous sommes souvent rendus en famille. C'est une course de chevaux montés à cru, qui se déroule chaque été autour d'une place en forme de coquillage. Pendant les quelques jours qui précèdent la compétition, les habitants de chaque *contrade* défilent avec leur monture dans les ruelles jusqu'à l'église du quartier dans laquelle un prêtre bénit le cheval. Ils installent ensuite d'immenses tables aux quatre coins de la ville pour partager des pâtes et du vin en chantant des hymnes locaux. La tension monte d'heure en heure jusqu'au moment de la course. Amassées sous le soleil brûlant, des milliers de personnes retiennent leur souffle. Lorsque le coup de canon retentit pour annoncer le départ, une frénésie s'empare de la foule. Trois tours de piste, en moins de deux minutes, rythmés par les hurlements des spectateurs entassés au centre de la place et aux fenêtres des maisons. À peine la ligne d'arrivée franchie, les supporteurs se jettent sous les sabots du cheval victorieux. La fête se prolonge ensuite jusqu'au petit matin.

La dernière fois que je suis retourné à Sienne, je me suis installé à la terrasse d'un café en haut de la place principale, face au Duomo. J'ai pensé à mon père. Cette fête était un condensé de ce qui lui plaisait le plus au monde : la nourriture, la musique et le jeu. Pendant les quelques jours que durait la compétition, il mangeait trop, il buvait trop, il conduisait trop vite, mais il était invincible, protégé par la Madone aux grands yeux, la Vierge protectrice de la ville. Mon père aurait dû vivre ici, dans cette région à mi-chemin entre l'Afrique du Nord et la France, sur ces collines plantées de cyprès, au cœur des villes fortifiées, sur ces plaines ensoleillées couvertes d'oliviers. C'est cette langue qu'il aurait dû parler, cette nourriture qu'il aurait dû manger, cette musique qu'il aurait dû écouter. Il était chez lui.

Mais mon père n'était pas un aventurier, ni un voyageur. Il avait besoin de repères. Il aimait les habitudes. Il cherchait un point d'ancrage. Il pensait l'avoir trouvé à Paris, auprès de ma mère. Pour rien au monde il n'aurait remis cet équilibre en question.

*

Je m'installe dans le bureau de ma mère et compose le numéro de l'association.

Une femme aimable me demande de lui exposer la situation. Je lui raconte l'évolution de la maladie de mon père, sa peur de la mort, le déni dans lequel il s'est installé. Je lui fais part de notre crainte que le terme « soins palliatifs » provoque un stress terrible chez lui.

Elle me dit que la situation de mon père n'a rien d'exceptionnel. Qu'en général, plus tôt elle arrive à parler au malade, mieux elle parvient à atténuer ses angoisses. Elle l'interroge sur son rapport à la fin de vie, ce qu'il veut absolument éviter, l'hospitalisation, la souffrance, l'étouffement. Souvent, il parle librement car il ne sait pas encore qu'il est condamné. Je lui explique que la maladie nous a pris de vitesse. Nous n'avons pas eu le temps de lui poser ce genre de questions. Après c'était trop tard. Mon père refuse d'imaginer qu'il va mourir. Et maintenir cette ignorance nous semble fondamentale pour lui épargner des souffrances morales. Elle me confie qu'elle ne dit jamais au premier rendez-vous qu'elle fait partie d'une équipe de soins palliatifs car tous les patients n'ont pas la même capacité à discuter sereinement de leur propre mort. La plupart ne sont pas capables d'en parler, ou alors brièvement.

— Le soleil et la mort ne peuvent pas être regardés très longtemps en face, me dit-elle. La plupart des malades espèrent un miracle jusqu'au bout.

Je lui demande quand elle pense pouvoir rendre visite à mon père.

Elle doit, dans un premier temps, évaluer l'urgence de la situation. Pour être pris en charge par l'association, il faut que le malade soit en phase terminale, que l'évaluation de fin de vie soit proche, que la personne soit complètement dépendante, grabataire, qu'elle ne puisse plus ni sortir de son lit ni se nourrir normalement. Je lui confirme que c'est le cas de mon père. Elle ajoute que la présence de la famille est indispensable pour mettre en place un programme de soins à domicile. Il faut qu'il y ait des aidants. Je la rassure, nous sommes là, jour et nuit, ma mère, mes frères et moi.

— On doit commencer par faire une réunion conjointe avec votre médecin. Il y a forcément un médecin qui suit votre père.

— Oui. C'est notre médecin de famille.

— Parfait.

— On va décider avec lui du protocole à mettre en place pour que votre père souffre le moins possible. On va agir progressivement. Au départ, il s'agira d'une simple surveillance. Le passage d'un kiné, des visites d'infirmiers. Ensuite, au fur et à mesure de l'évolution de l'état de votre père, on médicalisera de plus en plus. Et à un moment donné, on commencera à administrer de la morphine selon le degré de souffrance pour arriver au maximum de confort.

Un espoir naît en moi. Voilà, nous avons trouvé la solution. Mon père et sa bonne étoile. La baraka, comme il appelle ça. Mon père a toujours su provoquer le destin. Depuis notre plus jeune âge, nos parents nous ont appris à ne jamais nous résigner, à forcer la chance. Les planètes semblent à nouveau alignées.

— Le problème, c'est que nous sommes en sous-effectif, continue la femme de l'association. Il va être compliqué de mettre ce dispositif en place dans l'immédiat. Actuellement, il faut compter au moins une semaine pour l'organisation d'une réunion de coordination entre médecin, infirmier et kiné.

— Une semaine ? Mon père sera probablement mort d'ici-là.

Elle est navrée, m'explique qu'ils sont une petite structure, que la demande est énorme, qu'ils n'ont pas assez de volontaires pour répondre à toutes les urgences.

Elle ajoute : « Et encore, vous avez la chance de vivre en région parisienne. »

*

Je retourne dans la chambre. Mon père s'est endormi.

## La requête

J'entends une discussion entre mes frères et ma mère dans la cuisine, suivie d'un éclat de rire. Rumeur de plus en plus rare dans cette maison.

Je profite d'un moment seul avec mon père pour me glisser à ses côtés. Je me penche vers lui.

— Papa, je t'en prie, tiens encore une semaine.

Peut-être m'entend-il. De loin.

Je pense à l'époque où ma fille, encore nourrisson, nous réveillait plusieurs fois par nuit. Je me revois lui dire avec autorité, le plus sérieusement du monde : « Maintenant, il faut que tu laisses dormir ma femme. » En général, elle se remettait à pleurer de plus belle. J'espère que mon père sera plus réceptif.

## L'agonie

Samedi soir. Je suis de garde. Mes frères profitent de leur soirée. L'un passe le week-end à la campagne, l'autre fête l'anniversaire d'une cousine. Ma mère non plus n'est pas là. Des amis l'ont invitée au théâtre. « Histoire de lui changer les idées. » Elle a hésité, je l'ai encouragée.

Je me retrouve seul avec mon père. Il est allongé face à moi, inerte, cadavérique.

Une heure passe, rythmée par sa respiration difficile et irrégulière. Par moments, il s'agite dans son sommeil. Je m'approche et lui prends la main pour le calmer. Elle est froide. Qu'est-ce que cela signifie ? Est-ce le début de la fin ? Va-t-il mourir ce soir ?

Plusieurs personnes m'ont raconté que leur proche avait attendu qu'elles s'absentent pour quitter ce monde. Ma grand-mère paternelle, par exemple. Alors que ma tante veillait sur elle jour et nuit depuis deux mois, elle a profité de ce qu'elle sorte prendre une douche pour succomber.

Mon père est assoupi. Il respire avec difficulté. Je m'extrais de mon fauteuil, traverse doucement la chambre et je me cache dans un recoin de la pièce, hors de son champ de vison. Si mon père veut partir, c'est le moment. Je lui laisse le champ libre.

Je reste immobile quelques minutes, retiens mon souffle.

Quel soulagement de l'imaginer mourir, maintenant, dans son sommeil. Quelle délivrance. Pour lui. Pour nous.

Je m'approche du lit.

Il n'a pas bougé.

Toujours vivant.

Il s'accroche.

Les yeux fermés.

La gueule ouverte.

Chaque inspiration est une lutte. Chaque expiration un combat.

Où en serions-nous si le médecin avait accepté notre demande ? C'était il y a déjà trois jours. Aurait-il déjà fait le nécessaire ? Mon père serait-il déjà en paix ?

J'aimerais pouvoir me dire que je suis heureux qu'il soit toujours là. Mais je n'y parviens pas.

*

Assis dans le fauteuil au bord du lit, je n'ai ni la force de lire ni l'envie d'écouter de la musique. Je suis inactif, impuissant, je ne sers à rien. Dehors, la nuit est tombée. Combien de temps a passé ? Je ne sais pas. Une seule certitude : il n'y a plus aucun espoir. Si au moins on pouvait se battre, essayer d'inverser le cours des choses. Non, il ne reste qu'à attendre. Attendre quoi ? Qu'il s'étouffe pour de bon ? Qu'il souffre suffisamment pour qu'on l'accompagne ? « Accompagner », c'est le terme qu'a utilisé le médecin. « Ne vous inquiétez pas, le moment venu, je l'accompagnerai », a-t-il dit lors de notre dernière discussion. Qu'est-ce que cela veut dire ? Concrètement. Nous avons besoin de savoir. Nous avons le droit de savoir. Cette incertitude est insupportable.

Soudain un cri.

Douloureux.

Déchirant.

Mon père se tient la poitrine.

Est-ce un infarctus ? Une crise cardiaque libératrice.

Puis une quinte de toux, incontrôlée.

Il se met à suffoquer.

Comme une crise d'asthme aiguë.

Terrifiante.

J'essaie de le calmer d'une main.

J'attrape mon téléphone de l'autre.

J'appelle notre médecin.

Il ne répond pas.

Mon père est en train d'étouffer sous mes yeux.

Je compose le 15.

Un répondeur.

« Urgence santé Samu, votre appel va être pris en charge. Nous vous informons que cet appel sera enregistré… »

Musique jazz.

Mon père agonise.

« Préparez-vous à nous donner votre numéro, nom, prénom, adresse, ainsi que la raison de votre appel. »

Musique jazz.

Mon père tient ses deux mains jointes sur sa poitrine. Il grimace, souffre, terriblement. J'attrape un comprimé d'antalgique sur la table de nuit. J'essaie de lui faire avaler le médicament. Il vomit aussitôt, s'étrangle à nouveau.

Musique jazz.

— Le Samu, bonjour.

— Mon père est en train de s'étouffer. Venez vite.

— Quelle est votre adresse ?

Je donne adresse, code, étage.

— Mes collègues sont en route mais j'ai besoin de vous poser quelques questions pour qu'ils puissent au mieux prendre en charge votre père. Quelle est la raison de son étouffement ? Un accident ? Est-il malade ?

— Il a un cancer du pancréas.

— À quel stade ?

— C'est-à-dire ?

— En phase précoce ou terminale ?

Je m'éloigne du lit et chuchote : « Terminale. »

*

Quinze minutes plus tard deux ambulanciers et un médecin pénètrent dans la chambre.

À partir de ce moment-là, tout va très vite.

Ils prennent mon père en charge.

Ils le mettent sous oxygène.

Pendant que les brancardiers installent mon père sur la civière, j'interroge le médecin.

— Votre père présente des signes de détresse respiratoire, m'explique-t-il. La souffrance est trop importante. Nous allons l'emmener à l'hôpital pour le soulager, le mettre sous antibiotique et le surveiller pendant quelques jours.

— Il pourra revenir à la maison ?

— Peut-être. Lorsque son état sera stabilisé.

Ils l'embarquent. Je marche à côté du brancard. Je tiens la main de mon père.

Nous traversons le hall de l'immeuble. Des voisins nous regardent passer. L'un d'eux me souhaite bon courage.

Nous arrivons à l'ambulance. Je demande si je peux les accompagner dans le véhicule, ils répondent que non. Je vais devoir me rendre à l'hôpital par mes propres moyens. Ils ferment les portes, démarrent, s'éloignent déjà.

Je me retrouve seul au milieu de l'avenue. J'appelle ma mère. Pas de réponse. Elle est probablement au milieu du deuxième acte. Je préviens mes frères. Je leur propose de me rejoindre à l'hôpital. Je me dirige vers la station de taxis.

Je suis soulagé. Mon père peut enfin respirer. Je ne veux plus qu'il meure. Pas tout de suite. Je veux le retrouver. Le serrer dans mes bras. Vivant.

*

Mes deux frères et ma mère m'ont rejoint dans la chambre du service de soins intensifs où mon père a été transféré. Nous avons passé la nuit à son chevet. Il a dormi. Nous peu. Il respire mieux.

*

Dans la matinée, alors que nous sommes en train de nous organiser pour nous relayer, un médecin entre dans la pièce.

Mon père est dans un état de torpeur. Les yeux ouverts. Lorsque le praticien l'interroge, il se contente de répondre par de légers signes de tête. Le médecin se tourne vers nous. Il nous explique que les crises d'étouffement sont dues à l'apparition de métastases pulmonaires. Il propose d'essayer de trouver une place en soins palliatifs. Ma mère tente d'intervenir. Trop tard. Mon père s'agite. Il a compris. C'est le mot qu'il redoute depuis des mois. « Palliatif ». Il n'y a plus de doute, plus de remède, plus d'espoir. Il va mourir.

Sa respiration s'accélère. Il se met à suer. Son corps se raidit. Son cœur s'emballe. D'un geste désordonné, il arrache le tuyau d'oxygène de son nez. Étouffe à nouveau. Il fixe un point, lointain, droit devant lui.

Le médecin appelle une infirmière à travers le couloir. Il dit « crise d'angoisse », il dit « diazépam ».

Une jeune femme fait irruption, une seringue à la main. Elle pique mon père.

Ma mère s'est rapprochée, elle lui caresse la joue, lui chuchote des mots rassurants à l'oreille. Il se calme progressivement puis se met à pleurer. Il sanglote les mains devant la bouche.

Quand mon père a-t-il pleuré pour la dernière fois ? Je n'en ai pas le souvenir. Peut-être jamais devant nous. Comment en sommes-nous arrivés là ?

Je propose à mes frères de sortir de la chambre.

Pour rejoindre la cafétéria, nous empruntons l'ascenseur. Deux internes discutent.

— J'en ai ras-le-bol de ce service, dit l'un d'eux. J'en ai marre de voir les gens mourir. Ça n'arrête pas.

*

De retour à l'étage de mon père, nous trouvons notre mère en discussion avec le médecin dans le couloir. Elle est furieuse. Elle lui reproche sa maladresse. Elle demande que mon père rentre à la maison.

Le médecin s'excuse, argumente. Il est encore trop tôt. Il pense commencer à lui injecter de la morphine par petites doses pour traiter la douleur. Il aimerait voir comment mon père réagit. Il propose une nuit d'observation, avec un retour possible à la maison le lendemain.

Ma mère capitule. Ça nous laissera le temps de nous organiser.

*

Le lendemain matin, après trente-six heures d'hospitalisation, mon père est de retour chez lui.

Le voyage en ambulance s'est bien passé. Il arrive en chaise roulante sous oxygène par voie nasale, une petite bonbonne accrochée à son fauteuil.

Notre médecin de famille l'accueille et le réinstalle dans son lit avec l'aide du brancardier.

Il nous informe que l'hôpital a commencé à lui injecter la morphine. Sans apparition d'effets secondaires. Une infirmière va passer régulièrement pour évaluer la douleur. Elle lui fera des injections si nécessaire et ajoutera des anxiolytiques pour plus de confort.

Il nous explique que nous venons de passer un cap aigu, angoissant pour tout le monde, mais la situation devrait se stabiliser dans les jours à venir.

Il nous annonce également qu'il a cessé de nourrir mon père par perfusion. Il se contentera d'une poche de sérum pour l'hydratation.

— Il va mourir de faim ? s'inquiète ma mère.

Le médecin la rassure. Un malade en phase terminale n'a plus d'appétit. Et ne ressent pas la faim.

*

Je reprends contact avec l'association de soins palliatifs. Ils m'annoncent qu'ils ont accepté de prendre en charge mon père. La réunion de coordination doit avoir lieu en fin de semaine. Au plus tard au début de la suivante.

*

Depuis qu'il sait qu'il est condamné, l'attitude de mon père a changé. Il est devenu mutique. Il dort la plupart du temps. Dès qu'il ouvre les yeux, son regard se perd dans le vide.

Nous n'avons plus aucun échange.

*

Chaque jour, son état se dégrade davantage.

Il est de plus en plus maigre, de plus en plus jaune, de plus en plus amorphe.

Comme s'il avait lâché prise.

De longues heures où il ne se passe rien.

Il râle, il gémit, il s'agite.

Ça sent mauvais.

Ma mère allume des bougies.

Il a du mal à respirer. Des glaires s'accumulent dans sa gorge.

Mon frère attrape sa main. Ça lui fait mal. Il grogne, le rembarre. La douleur le rend agressif.

Sa bouche est desséchée. Ses lèvres craquelées.

Il tousse. Recrache systématiquement dès qu'on essaie de lui donner à boire. On lui pulvérise la bouche avec un brumisateur d'eau minérale. Ça semble le soulager. Mais il ne dit rien.

Il s'exprime de plus en plus difficilement, de plus en plus rarement, avec de moins en moins de cohérence. Nous écoutons attentivement chacune de ses paroles, à l'affût d'une révélation, d'un message, d'une phrase marquante, mémorable.

*

On t'impose la déchéance jusqu'au bout.

Tu perds ta dignité humaine.

Toi qui étais si beau, si fier.

J'aimerais ne plus te voir. J'aimerais que ce que nous traversons aujourd'hui ne gâche pas tout ce que nous avons vécu ensemble jusqu'ici.

*

Ma mère interpelle le médecin.

— Pourquoi ça dure si longtemps, alors qu'on sait que c'est fini ?

— Je suis là pour soulager, je ne peux pas faire plus.

Elle laisse échapper un sanglot. Le médecin la prend dans ses bras. Si même lui, qui la connaît depuis quarante ans, ne l'aide pas, personne ne peut plus rien pour elle.

## L'AGONIE

*

Depuis son retour de l'hôpital, nous nous tenons vingt-quatre heures sur vingt-quatre au chevet de notre père. Témoins impuissants de sa lente descente aux enfers.

Il s'encombre chaque jour d'avantage. Il graillonne. Sa respiration est de plus en plus chaotique.

Dès qu'il ferme les yeux il s'endort. Ne répond plus. Ne réagit plus quand on le touche. Il est comme mort. La douleur en plus.

## La mort

Samedi matin. Une semaine s'est écoulée depuis la crise d'étouffement de mon père. Sept jours de torture. Sept jours de déchéance. Sept jours de larmes. Sept jours de culpabilité. Sept jours qui ont tout détruit. Sept jours qui nous hanteront pour le restant de notre vie.

Pourquoi ne l'ai-je pas laissé mourir le week-end dernier plutôt que d'appeler le Samu ? J'aurais aimé avoir assez de sang-froid. Mais je n'ai pas pu.

*

Le médecin de famille passe voir mon père tôt dans la matinée. Il nous prévient qu'il marie sa fille ce week-end. Il nous confie à l'infirmière. Elle passera toutes les six heures pour injecter de la morphine par voie sous-cutanée. Lundi, à son retour, il installera une pompe pour plus de confort.

— Ça devrait bien se passer, dit-il. Votre père va beaucoup dormir. S'il y a la moindre complication, vous pouvez m'appeler. Je vous donnerai des instructions par téléphone.

Puis il s'en va.

*

Nous nous préparons pour un nouveau week-end d'agonie et de râles. Les heures passées au chevet de notre père sont si éprouvantes que nous nous sommes organisés pour nous relayer. Ma mère, mes frères et moi assurons, chacun notre tour, une garde de quatre heures toutes les douze heures.

*

Je profite de ma première après-midi de liberté pour aller voir mon fils jouer au foot. Nous venons de l'inscrire dans un club du quartier et il dispute son premier match officiel aujourd'hui. Je l'accompagne au stade où il retrouve ses coéquipiers. En sortant des vestiaires, avec sa tenue flambant neuve, il me fait un clin d'œil complice avant de rejoindre le terrain. Il aurait tellement aimé que son grand-père assiste à ses débuts de gardien de but.

À la mi-temps, alors que je lui prodigue quelques conseils sur la meilleure technique pour dégager le ballon, mon téléphone sonne.

C'est ma mère.

De fortes douleurs sont réapparues et la respiration de mon père est redevenue compliquée malgré l'apport d'oxygène poussé au maximum. Elle m'appelle au secours.

J'embrasse mon fils et me précipite hors du stade.

Lorsque j'arrive chez mes parents, ma mère m'annonce que l'infirmière vient de lui faire une piqûre de morphine. La situation s'est stabilisée. Elle repassera dans quatre heures.

Je retrouve mon père allongé sur son lit les yeux fermés.

Nous nous installons à son chevet avec ma mère. Elle me prend la main. Nous restons un long moment immobiles côte à côte. Les râles puissants et réguliers de mon père, semblables à des crissements de craie sur un tableau noir, emplissent la pièce.

*

Au bout de deux heures, les douleurs reprennent. Des grimaces de souffrance déforment le visage de mon père.

L'infirmière revient en urgence, plus tôt que prévue. Elle est d'accord pour anticiper un peu, mais elle nous met en garde : elle ne peut dépasser la dose de 6 milligrammes par jour indiquée sur l'ordonnance. Elle nous prévient que cette injection sera la dernière de la journée. Elle ne pourra plus administrer de morphine à mon père avant le lendemain matin. Vu l'allure à laquelle vont les choses, ce ne sera pas suffisant. Elle est désolée, seul un médecin peut rédiger une nouvelle prescription.

J'essaie de contacter le nôtre mais il ne répond pas. Il doit être à l'église, à la mairie ou déjà sur la piste de danse.

J'appelle SOS Médecins. Ils sont débordés mais promettent d'envoyer quelqu'un dès que possible.

*

Ma mère refuse la perspective de se retrouver impuissante face à la souffrance de mon père. Elle se rend à la pharmacie la plus proche avec la ferme intention d'obtenir ce dont nous avons besoin pour le soulager. Elle explique que son mari est en train de mourir et demande qu'on la dépanne, exceptionnellement. La pharmacienne, qu'elle connaît pourtant depuis longtemps, est navrée mais ne peut accéder à sa requête. Elle lui explique que les doses de morphine sont contingentées, chaque ampoule est numérotée, et seule une ordonnance sur un papier sécurisé peut permettre la délivrance du précieux sésame.

*

Violente quinte de toux.

Mon père dit « aïe », ferme les yeux, ne bouge plus, s'endort.

Je ne sais pas comment vont se dérouler les prochaines minutes. Les prochaines heures. Je ne sais pas comment va mourir mon père. Mais je sens qu'il est au bout de ses forces. S'il ne se réveillait plus, sa dernière parole aura été « aïe » C'est terrible. J'hésite à le réveiller. Je veux qu'il dise autre chose, n'importe quoi, mais pas ça.

Ses râles sont de plus en plus impressionnants.

Des soubresauts agitent son corps dans son sommeil.

Soudain, il ouvre les yeux.

Il me regarde fixement. Me supplie d'en finir. M'appelle à l'aide.

Je me tiens face à lui, paralysé, désarmé.

J'ai plusieurs fois imaginé prendre un coussin, le poser sur son visage et appuyer fort. Comme dans ce film dans lequel Jean-Louis Trintignant, n'en pouvant plus d'assister impuissant à la souffrance de sa femme, l'étouffe avec un oreiller. Ce film s'appelle *Amour*. Car c'est bien de cela qu'il s'agit. D'un acte d'amour. Pourquoi faut-il faire des amoureux des meurtriers ? Pourquoi ne pouvons-nous pas jouir de notre liberté de mourir comme nous jouissons de notre liberté de vivre ? Nous devrions avoir le droit de soulager nos pères, nos mères, nos frères, nos sœurs et nos enfants sans être considérés comme des assassins.

Mon père dit « aïe » une nouvelle fois.

Il essaie de reprendre son souffle.

N'y parvient plus.

Un son rauque et profond s'échappe de sa gorge.

Elle se bloque.

Il grimace.

Tout s'arrête.

Ses yeux sont ouverts.

Les râles ont cessé.

Il ne bouge plus.

Il ne respire plus.

Son visage est pâle.

Ses traits creusés.

Sa bouche ouverte.

Cette bouche qui ne rira plus.

J'hésite à le toucher.

Puis, doucement, comme dans un film, j'attrape son poignet, je pose mon pouce sur l'intérieur de son bras, je prends son pouls. La veine ne bat plus. Son cœur non plus. Probablement.

Je suis sidéré.

Ma mère n'est toujours pas revenue de la pharmacie. Il faut que je la prévienne.

Avant qu'elle arrive, je voudrais effacer les stigmates de la douleur sur le visage de mon père, passer ma main sur ses joues pour détendre ses traits, fermer sa bouche.

Sa peau est-elle déjà froide ?

Je n'ose pas le toucher.

Je ne veux pas que ma mère le voie comme ça mais je suis paralysé.

Je ne le quitte pas des yeux.

Je regrette déjà cette image. Ce rictus de souffrance sur le beau visage de mon père.

Ce père que j'aimais tant.

Je me dis : voilà ce que c'est de mourir selon les règles. Je suis soulagé que ni ma mère ni mes frères n'aient vu ça. De même que j'étais le seul à savoir en Afrique du Sud, je garderai cette image pour moi. Je n'en parlerai pas. Jamais. J'en fais la promesse.

Trop tard.

Ma mère entre dans la pièce.

Elle s'approche doucement.

Elle a compris.

Elle lui caresse le visage.

Elle essaie de lui fermer la bouche. Mais la mâchoire retombe.

— C'est horrible, lâche-t-elle. On ne peut pas le laisser comme ça.

Elle disparaît dans la salle de bains puis réapparaît, un foulard à la main. Elle soulève le menton, passe le tissu autour de la tête et fait un nœud au sommet du crâne.

*

Une demi-heure plus tard, on sonne à la porte. C'est le médecin de SOS. Il s'excuse de son retard, avant de constater le décès de notre père.

Entre-temps, mes frères nous ont rejoints.

Le plus jeune a déjà appelé les pompes funèbres. Ma mère ne veut pas que mon père reste à la maison. Elle aimerait que son corps soit emporté le plus rapidement possible. L'idée d'une veillée funéraire lui fait horreur.

*

Seuls les membres de la famille les plus proches sont prévenus. Ma femme, celles de mes frères et la sœur de mon père. Son frère n'a pas souhaité venir.

Tous se relaient au chevet de mon père. Ils lui rendent un dernier hommage avant de rejoindre le salon où ma mère s'est réfugiée.

Le thanatopracteur est déjà là. Il se tient dans un coin de la chambre. Il attend le signal pour commencer la toilette mortuaire. Sa présence me perturbe. L'idée que cet inconnu manipule bientôt mon père, qu'il désinfecte son corps, obture ses orifices, lui injecte du formol dans les artères m'est insupportable. Je ne pensais pas me retrouver au contact de cet homme. Je croyais que ce genre de chose se déroulait plus tard. Mais ma mère en a décidé autrement.

Le corps sera préparé pendant la nuit et levé au petit matin.

La date de l'incinération a été fixée deux jours plus tard.

*

Nous quittons la maison les uns après les autres. Mon plus jeune frère reste pour tenir compagnie à notre mère. Ils dormiront dans la chambre mitoyenne à celle de mes parents. Dans deux lits jumeaux.

Mon frère se couche. Il pleure en silence tandis que ma mère se démaquille dans la salle de bains. Elle enfile un peignoir et entre dans la chambre du mort. Mon père est étendu sur le dos. Son corps fantomatique est recouvert d'un drap. Il est seul dans la pénombre. L'employé des pompes funèbres a disparu. Ma mère s'approche de lui et l'observe en silence. À travers le mur, elle interpelle mon frère.

— Viens le voir. Il est enfin paisible.

Mon frère lui répond qu'il ne préfère pas.

Ma mère reste debout au pied du lit, un long moment, immobile. Elle profite de ces derniers instants auprès de son homme. Elle s'efforce de ne pas penser au gouffre qui vient de s'ouvrir devant elle.

## Après

Le lendemain, mes frères et moi nous retrouvons à l'aube chez ma mère. C'est chez ma mère, désormais.

Tasse de thé Earl Grey, orange pressée, pain grillé, confiture de framboises maison. Le même petit déjeuner depuis quarante ans. En Aveyron, on cueillait les fruits sauvages le long des routes puis notre mère les faisait cuire dans une grande marmite en cuivre qui dégageait une odeur de compote et de sucre. C'était l'époque des pétards dans les bouses de vaches, de la pêche aux écrevisses, du chou farci au village, des parties de tennis. Un père et trois fils. Configuration parfaite pour des matchs de doubles.

Nous assistons à la levée du corps. Deux hommes passent dans le couloir. Ils portent la dépouille enveloppée de notre père à bout de bras. Ils sortent de la maison.

Ma mère, elle aussi, veut quitter les lieux. La nouvelle de la mort de mon père a commencé à se propager. Les premiers messages arrivent sur son téléphone. Elle ne répond pas. Elle ne veut parler à personne. Elle ne veut voir personne. Elle ne désire qu'une chose : fuir, au plus vite. Elle sait que les amis et la famille ne vont pas tarder à arriver. Il faut déguerpir. Ne pas avoir à se justifier. Pourquoi avez-vous fait évacuer le corps si rapidement ? Pourquoi nous empêcher de le voir une dernière fois ? Pourquoi ne pas nous laisser le temps du recueillement ? Pourquoi une crémation ? L'idée de sa maison pleine de figures éplorées, de renifleurs lui fait horreur.

Sa violence est proportionnelle à sa douleur.

À ce moment, elle n'a plus aucune compassion. Ni pour ses amis ni pour sa famille. Des gens qu'elle aime mais à qui elle ne veut rendre aucun compte. Son chagrin est trop grand. Elle ne supporte pas la perspective de devoir donner le change. Elle sait que l'appropriation de cette mort lui sera reprochée. Elle s'en moque. C'est son mari. Elle fait ce qu'elle veut.

— Et ceux qui ne comprennent pas, tant pis pour eux. Venez, les enfants.

Elle a envie de marcher dans la forêt, entourée de ses fils. Nous l'embarquons dans la voiture de mon frère en direction du bois.

*

Une amie a pris le relais, c'est elle qui accueillera les visiteurs. Elle leur expliquera la situation : le corps n'est plus là, la famille non plus.

La première à se présenter est une vieille tante tunisienne. Lorsqu'on lui annonce que la maison est vide et que la crémation est déjà programmée, elle s'emporte. Ce n'est pas comme cela qu'on traite les morts. Un défunt, c'est sacré. Ça se célèbre. Il faut du temps pour que l'âme quitte l'enveloppe terrestre. On doit se comporter avec les morts comme on se comporte avec les vivants. On ne doit pas toucher un mort. On doit prier pour le mort. On le dévêt. On le recouvre d'un drap blanc. On l'étend sur le sol. On pose une bougie près de son visage. On arrache son vêtement à hauteur de son cœur pour exprimer la déchirure causée par sa perte. On ne brûle pas un mort. La crémation est une attaque à son intégrité.

Je croyais naïvement à l'époque que ce qui choquait les juifs dans la crémation était lié au souvenir des fours crématoires des camps de concentration. J'ai découvert plus tard que la mise en terre était un acte sacré, un acte obligatoire selon la Torah, que ne pas inhumer le corps du mort revenait à priver son âme du repos éternel.

Et pourquoi ne répond-elle pas au téléphone ? conclut la tante, furieuse, avant de disparaître.

C'est au tour d'un groupe d'hommes de se présenter. Les copains d'enfance, ceux de Tunis. Stupeur lorsqu'ils comprennent que le corps n'est plus là. Une immense tristesse envahit le groupe. L'un d'eux suggère d'appeler la personne chargée des funérailles. C'est une vieille connaissance qui s'occupe des enterrements de la famille depuis longtemps. Ils veulent rendre un dernier hommage à leur ami. Les quatre partent en direction du Père-Lachaise. Une fois au cimetière, on les guide jusqu'à la salle glaciale de la morgue. Un employé sort mon père d'un casier réfrigéré. Ils ont dix minutes pour se recueillir.

*

Nous marchons à travers la forêt qui commence à jaunir en ce premier jour d'automne. Silencieux. Incapables de prendre la mesure de ce qui vient de se produire. Hier, nous étions un corps entier. Une mère, un père, trois fils. Aujourd'hui, nous sommes amputés d'un de nos membres. Une famille, c'est un mobile en équilibre. La perte d'un de ses éléments déstabilise l'ensemble de l'édifice. Comment allons-nous vivre maintenant ? Et ma mère ? Comment se remettra-t-elle d'une telle perte ? L'homme de sa vie. Cinquante-trois ans de passion commune. De travail commun. Une complicité de tous les instants. Il était son amoureux, son mari, son amant, son meilleur ami, son associé, son alter ego. L'existence de ma mère tournait autour de celle de mon père. Et réciproquement. Elle va devoir apprendre à marcher sur une seule jambe. Au moment où j'écris ces lignes, je sais qu'elle a su se réinventer. Elle a réussi à imaginer une autre vie, différente. Mais en foulant les feuilles mortes à ses côtés ce jour-là, je suis inquiet. Je passe mon bras autour de ses épaules. Elle pose sa tête contre ma joue.

C'est une belle fin de matinée. Le soleil transperce le feuillage. Nous continuons à déambuler entre les arbres. Le sous-bois s'est rempli de promeneurs et de joggeurs du dimanche. Le téléphone de ma mère vibre régulièrement dans la poche de son manteau. Elle s'assoit sur un banc à l'ombre d'un chêne pour répondre à sa sœur.

J'avance jusqu'au bord d'un plan d'eau. Mes frères me suivent.

— Il était si jeune, souffle l'un d'eux.

— Non, dis-je. Soixante-neuf ans ce n'est pas jeune. Mourir à vingt-cinq ans, c'est mourir jeune. Lui a vécu une vie entière. Une belle vie.

Mon téléphone sonne. Le numéro de l'association de soins palliatifs apparaît sur l'écran. Je m'apprête à éteindre mon téléphone, hésite puis décroche.

— Allô ?

— Bonjour, c'est à propos de votre père. J'ai une bonne nouvelle, la réunion de coordination aura lieu demain matin. Ce qui veut dire que nous pourrons le prendre en charge dans l'après-midi.

— Mon père est mort hier soir.

Nous nous attablons en terrasse d'un restaurant à l'orée de la forêt, commandons à boire puis attendons en silence que le serveur apporte la bouteille. Il nous sert en nous souhaitant une « bonne dégustation ». Nous levons notre verre, sans joie.

— À Nonno.

Nonno, c'est le grand-père italien. Le surnom que notre père s'était lui-même attribué à la naissance de ses petits-enfants.

— Je suis en colère, dit ma mère. Ce n'est pas possible de mourir encore comme ça au XXIe siècle. Si nous avions pu faire comme nous le souhaitions, votre père serait parti plus tôt, sans souffrir. Au lieu de cela, il a eu une fin terrible… Je compte sur vous pour m'épargner ça, les enfants.

Mes frères et moi. En chœur.

— Promis, maman.

# Remerciements

Je tiens à remercier tout particulièrement

ma mère,
mes frères,
Éléonore Pourriat, pour son soutien et son aide, toujours,
Alban Guitteny, mon vieux complice,
Michel Aronovicz, pour ses indispensables conseils,
Alix Penent, Soizic Molkhou et Tatiana Seniavine, celles sans qui ce livre ne serait pas ce livre,
François Durkheim, pour son écoute et sa créativité,
Charlotte Pailleux, pour la fin,

et aussi

Christophe André,
Isabelle Baumgaertner,
Augustin Boulanger,
Florence Bourg,
Thomas Chabrol,
Daniel Cherqui,

Jenifer Clergeot,
Martine Cohen,
Pascale Favre,
Claire Fourcade,
Mitty Gain,
Julie Pouillon,
Jean-Louis Pourriat,
Vincent Silvan,
Dorothée Werner, pour leurs précieux témoignages et suggestions,

ainsi que mes premiers lecteurs,

Jean-Luc Audy, Antoine Bing, Irène Cohen, Philomène Cohen, Clémentine Deroudille, Julien Guérif, François Leininger, Bertrand Mouly, Antoine Novat, Virginie Person, Matthieu Prada, Maëlle Sagnes, Lou Svahn et Marie-Lorna Vaconsin, pour leurs critiques inspirantes.

# Table

## III

NORD COMPO
multimédia

Composition et mise en pages
Nord Compo à Villeneuve-d'Ascq

Imprimé en France par CPI
en janvier 2023

Dépôt légal : mars 2023
N° d'édition : 554354-0
N° d'impression : 173593